L'ÉTRANGER

ALBERT CAMUS

[法] 加缪————著

柳鸣九————译

局外人

天津出版传媒集团

天津人民出版社

果麦文化　出品

Contents
目录

Partie 01

第一部

L'Étranger Albert Camus

一

今天，妈妈死了。也许是在昨天，我搞不清。我收到养老院的一封电报："令堂去世。明日葬礼。特致慰唁。"它说得不清楚。也许是昨天死的。

养老院是在马朗戈，离阿尔及尔八十公里。我乘两点的公共汽车去，下午到，赶得上守灵，明天晚上即可返回。我向老板请了两天的假。事出此因，他无法拒绝。但是，他显得不情愿。我甚至对他说："这并不是我的过错。"他没有答理我。我想我本不必对他说这么一句话，反正，我没有什么需请求他原谅的，倒是他应该向我表示慰问。不过，到了后天，他见我戴孝上班时，无疑会做此表示的。似乎眼下我妈还没有死，要等到下葬之后，此事才算定论入档，一切才披上正式悼念的色彩。

我乘上两点钟的公共汽车，天气很热。像往常一样，我是在塞莱斯特的饭店里用的餐。他们都为我难过，塞莱斯特对我说"人只有一个妈呀"，我出发时，他们一直送我到大门口。我有点儿烦，因为我还要上艾玛尼埃尔家去借黑色领带与丧事臂章。几个月前他刚死了伯父。

为了赶上公共汽车，我是跑着去的。这么一急，这么一跑，又加上汽车的颠簸与汽油味，还有天空与公路的反光，这一切使我昏昏沉沉，几乎一路上都在打瞌睡。当我醒来的时候，正靠在一个军人身上。他冲我笑笑，并问我是不是从远方来的。我懒得说话，只应了声"是"。

养老院离村子还有两公里，我是步行去的。我想立刻见到妈妈，但门房说我得先会见院长。由于院长正忙，我就等了一会儿。这期间，门房说着话，而后我就见到了院长。他是在自己的办公室里接见我的。这是个矮小的老头，佩戴着荣誉团勋章。他用那双明亮的眼睛打量打量我，随即握着我的手老也不松开，叫我不知如何抽出来。他翻阅了一份档案，对我说："默尔索太太入本院已经三年了，您是她唯一的赡养者。"我以为他有责备我的意思，赶忙开始解释。但他打断了我："您用不着说明，我亲爱的孩子，我看过令堂的档案，您负担不起她的生活费用。她需要有人照料，您的薪水却很有限，把她送到这里来她会过得好一些。"我说："是的，院长先生。"他补充说："您知道，在这里，有一些跟她年龄相近的人和她做伴，他们对过去时代的话题有共同的兴趣。您年纪轻，她跟您在一起倒会感到烦闷的。"

的确如此。妈妈在家的时候，一天到晚总是瞧着我，一言不发。刚来养老院的那段时间，她经常哭，但那是因为不习惯。过了几个月，如果要把她接出养老院，她又会哭的，同样也是因为不习惯。由于这个原因，自从去年以来我就几乎没来探望过她。当然，也由于来一次就得占用我的一个星期天，且不算赶公共汽车、买车票以及在路上走两个小时所费的气力。

院长还说个不停，但我几乎已经不听他了。最后他对我说："我想您愿意再看看令堂大人吧。"我什么也没说就站了起来，他领我出了办公室。在楼梯上，他向我解释说："为了不刺激其他的老人，我们已经把她转移到院里的小停尸房去了。这里每逢有老人去世，其他人两三天之内都惶惶不可终日，这给服务工作带来很多困难。"我们穿过一处院子，那里有很多老年人三五成群地聊天。我们经过的时候，他们就不出声了。我们一走过，他们又聊起来了，就像是一群鹦鹉在聒噪。走到一幢小房子门前，院长告别我说："默尔索先生，我失陪啦，我在办公室等您。原则上，下葬仪式是在明天上午十点钟举行。我们要您提前来，是想让您有时间守守灵。再说一点，令堂大人似乎向她的院友们表示过，她希望按照宗教仪式安葬。这件事，我已经完全安排好了。不过，还是想告诉您一声。"我向他道了谢。妈妈虽说不是无神论者，可活着的时候从来没有想到过宗教。

我走进小屋，里面是一个明亮的厅堂，墙上刷了白灰，顶上是一个玻璃天棚，放着几把椅子与几个X形的架子，正中的两个架子支着一口已盖合上了的棺材。棺材上只见一些闪闪发亮的螺丝钉，拧得很浅，在刷成褐色的木板上特别醒目。在棺材旁边，有一个阿拉伯女护士，身穿白色罩衫，头戴一块颜色鲜亮的方巾。这时，门房走进屋里，来到我身后。他大概是跑着来的，说起话来有点儿结巴："他们给盖上了，我得把盖打开，好让您看看她。"他走近棺材，我阻止了他。他问我："您不想看？"我回答说："不想。"他只好作罢。我有些难为情，因为我觉得我不该这么说。过了一会儿，他看了我一眼，问道："为什么？"但语气中并无责备之意，似乎只是想问个清楚而已。我回答说："我说不清。"于是，他捻捻发白的小胡子，没有瞧我一眼，一本正经地说："我明白。"他有一双漂亮的淡蓝色的眼睛，面色有点儿红润。他给我搬过来一把椅子，自己则坐在我的后面一点儿。女护士站起身来，朝门外走去。这时，门房对我说："她长的是一种下疳。"因为我不明白，就朝女护士瞧了两眼，见她眼睛下面有一条绷带绕头缠了一圈，在齐鼻子的地方那绷带是平的。在她的脸上，引人注意的也就是绷带的一圈白色了。

她走出屋后，门房说："我失陪了。"我不知道我做了什么手势，他又留下了，站在我后面。背后有一个人，这使我很不自在。整个房间这时充满了夕阳的余晖。两只大胡蜂冲着玻璃顶棚嗡嗡乱飞。我觉得困劲上来了。我头也没有回，对门房说："您在这院里已经很久了吧？"他立即答道："五年了。"似乎他一直在等着我向他提问。

接着，他大聊特聊起来。在他看来，要是有人对他说，他这一辈子会以在马朗戈养老院当门房告终，那他是苟难认同的。他今年不过六十四岁，又是巴黎人。他说到这里，我打断说："哦，您不是本地人？"这时，我才想起，他在引我到院长办公室之前，曾对我谈过妈妈。他劝我要尽快下葬，因为平原地区天气热，特别是这个地方。正是说那件事的时候，他已经告诉了我，他曾在巴黎待过，后来对巴黎一直念念不忘。在巴黎，死者可以停放三天，有时甚至四天。在此地，可不能停放那么久。这么匆匆忙忙跟在柩车后面去把人埋掉，实在叫人习惯不了。他老婆在旁边，提醒他说："别说了，不应该对这位先生说这些。"老门房脸红了，连连道歉。我立即进行调和，说："没关系，没关系。"我觉得老头讲得有道理，也有意思。

在小停尸房里，他告诉我说，他进养老院是因为穷。自己身体结实，所以就自荐当了门房。我向他指出，归根结底，他也要算是养老院收容的人。对我这个说法，他表示不同意。在此之前，我就觉得诧异，他说到院里的养老者时，总是称之为"他们"、"那些人"，有时也称之为"老人们"，其实养老者之中有一些并不比他年长。显然，他以此表示，自己跟养老者不是一码事。他，是门房，在某种意义上，他还管着他们呢。

这时，那个女护士进来了。夜幕迅速降临。玻璃顶棚上的夜色急剧变浓。门房打开灯，光亮的突然刺激一时使我睁不开眼。他请我到食堂去用晚餐，但我不饿。于是，他转而建议给我端一杯牛奶咖啡来。我因特别喜欢喝牛奶咖啡，也就接受了他的建议。过了一会儿，他端了一个托盘回来。我喝掉了。之后我想抽烟。但我有所犹豫，我不知道在妈妈遗体面前能不能这样做。我想了想，觉得这无伤大雅。我递给门房一支烟，我们两人就抽起来了。

过了一会儿，他对我说："您知道，令堂大人的院友们也要来守灵。这是院里的习惯。我得去找些椅子、弄些咖啡来。"我问他是否可以关掉一盏大灯。强烈的灯光照在白色的墙上使我倍感困乏。他回答我说，那根本不可能。灯的开关就是这么装的，要么全开，要么全关。之后，我懒得再去多注意他。他进进出出，把一些椅子摆好，在其中一把椅子上，围着咖啡壶放好一些杯子。然后，他在我的对面坐下，中间隔着妈妈的棺材。那女护士也坐在里边，背对着我。我看不见她在干什么。但从她胳臂的动作来看，我相信她是在织毛线。屋子里暖烘烘的，咖啡使我发热，从敞开的门中，飘进了一股夜晚与鲜花的气息。我觉得自己打了一会儿瞌睡。

一阵窸窸窣窣声把我弄醒了。我刚才合眼打了会儿盹，现在更觉屋子里白得发惨。在我面前，没有一丝阴影，每一件物体，每一个角落，所有的曲线，都轮廓分明，清晰醒目。正在此时，妈妈的院友们进来了，一共有十来个，他们在耀眼的灯光下，静悄悄地挪动着。他们都坐了下来，没有弄响一把椅子。我盯着他们细看，我从来没有这么看过人。他们的面相与衣着的细枝末节我都没有漏过。然而，我听不见他们的任何声音，我简直难以相信他们的确存在。几乎所有的女人都系着围裙，束在腰上的带子使得她们的肚子更为鼓出。我从来没有注意过年老的女人会有这么大的肚子。男人们几乎都很瘦，个个拄着拐杖。在他们的脸上，使我大为惊奇的一个特点是：不见眼睛，但见一大堆皱纹之中有那么一点浑浊的亮光。这些人一落座，大多数人都打量打量我，拘束地点点头，嘴唇陷在没有牙齿的口腔里，叫我搞不清他们是在跟我打招呼，还是脸上抽搐了一下。我还是相信他们是在跟我打招呼。这时，我才发现他们全坐在我对面的门房的周围，轻轻晃动着脑袋。一时，我突然产生了这么一个滑稽的印象：这些人似乎是专来审判我的。

过了一小会儿，其中的一个女人哭起来了。她坐在第二排，被一个同伴挡住了，我看不清她。她细声饮泣，很有规律，看样子她会这么哭个不停。其他的人好像都没有听见她哭。他们神情沮丧，愁容满面，一声不响。他们盯着棺材，或者自己的手杖，或者随便什么东西，但只盯着一样东西。那个女人老在那里哭。我很奇怪，因为我从不认识她。我真愿意听她这么哭，但是，我不敢去对她讲。门房向她欠过身去，对她说了什么，但她摇摇头，嘟囔了一句，然后又继续按原来的节奏哭下去。门房于是走到我旁边。他靠近我坐下。过了好一阵，他并未正眼瞧我，告诉我说："她与令堂大人很要好，她说令堂是她在这里唯一的朋友，现在她什么人都没有了。"

　　屋里的人就这么坐着过了好久。那个女人的叹息与呜咽逐渐减弱了，但抽泣得仍很厉害。终于，她不出声了。我的困劲也全没有了，但感到很疲倦，腰酸背痛。这时，使我心里难受的是所有在场人的寂静无声。偶尔，我听见一种奇怪的声响，我搞不清是什么声音。时间一长，我终于听出来，是有那么几个老头子在咂自己的腮腔，发出了一种奇怪的啧啧声，他们完全沉浸在胡思乱想之中，对自己的小动作毫无察觉。我甚至觉得，在他们眼里，躺在他们中间的这个死者，什么意义也没有。但现在回忆的时候，我认为我当时的印象是错误的。

我们都把门房端来的咖啡喝掉了。后来的事我就不清楚了。一夜过去，我记得曾睁开过一次眼，看见老人们一个个蜷缩着睡着了。只有一个老人例外，他的下巴颏儿支在拄着拐杖的手背上，两眼死盯着我，似乎在等着看我什么时候才会醒。这之后，我又睡着了。因为腰越来越酸痛，我又醒了，此时晨光已经悄悄爬上玻璃顶棚。过了一会儿，又有一个老人醒了，他咳个不停。他把痰吐在一大块方格手帕上，每吐一口痰费劲得就像动一次手术。他把其他的人都吵醒了，门房说这些人全该退场啦，他们站了起来。这一夜守灵的苦熬，使得他们个个面如死灰。大大出乎我意料的是，他们走出去的时候，都一一跟我握手，似乎我们在一起过了一夜而没有交谈半句，倒大大增加了我们之间的亲近感。

我很疲乏。门房把我带到他的房间，我得以马马虎虎漱洗了一下。我还喝了杯咖啡加牛奶，味道好极了。我走出门外，太阳已经高高升起。在那些把马朗戈与大海隔开的山丘之上，天空中红光漫漫。越过山丘吹过来的风，带来了一股咸盐的气味。看来，这一定是个晴天。我很久没有到乡下来了。要是没有妈妈这档子事，能去散散步该有多么愉快。

我在院子里等候着，待在一棵梧桐树下。我呼吸着泥土的清香，不再发困了。我想到了办公室的同事们。此时此刻，他们该起床上班去了，而对我来说，现在却是苦挨苦等的时候。我又想了想眼前的这些事，但房子里响起的钟声叫我走了神。窗户里面一阵忙乱，不一会儿就平静了下来。太阳在天空中又升高了一些，开始晒得我两脚发热。门房穿过院子前来传话，说院长要见我。我来到院长办公室，他要我在几张纸头上签了字。我见他穿着黑色礼服和条纹长裤。他拿起电话，对我说："殡仪馆的人已经来了一会儿了，我马上要他们盖棺。在这之前，您是不是要再看令堂大人一眼？"我回答说"不"。他对着电话低声命令说："费雅克，告诉那些人，可以盖棺了。"

接着，他告诉我，他将亲自参加葬礼。我向他道了谢。他在办公桌后面坐下，两条小腿交叉着。他告诉我，去送葬的只有他和我两个人，还加上勤务女护士。原则上，养老者都不许参加殡葬，只让他们参加守灵。他指出："这是一个讲人道的问题。"但这一次，他允许妈妈的一个老朋友多玛·贝雷兹跟着去送葬。说到这里，院长笑了笑。他对我说："您知道，这种友情带有一点儿孩子气，但他与令堂大人从来都形影不离。院里，大家都拿他们开玩笑，对贝雷兹这么说：'她是你的未婚妻。'他听了就笑。这种玩笑叫他俩挺开心。这次，默尔索太太去世，他非常难过，我认为不应该不让他去送葬。不过，我根据保健大夫的建议，昨天没有让他守灵。"

我们默默不语地坐了好一会儿。院长站起身来，朝窗外观望。稍一会儿，他望见了什么，说："马朗戈的神甫已经来了，他倒是赶在前面。"他告诉我，教堂在村子里，到那儿至少要走三刻钟。我们下了楼。屋子前，神甫与两个唱诗班的童子正在等着。一个童子手持香炉，神甫弯腰向着他，帮助调好香炉上银链条的长短。我们一到，神甫直起身来。他称我为"我的儿子"，对我说了几句话。他走进屋去，我也随他进屋。

我一眼就看见棺材上的螺钉已经拧紧，屋里站着四个穿黑衣的人。这时，我听见院长告诉我枢车已在路旁等候，神甫也开始祈祷了。从这时起，一切都进行得很快。那四个人走向棺材，把一条毯子蒙在上面。神甫、唱诗班童子、院长与我都走了出来。在门口，有一位我不认识的太太，院长向她介绍说："这是默尔索先生。"这位太太的名字，我没有听清，只知道她是护士代表。她没有一丝笑容，点了点有着瘦削的长脸的头。然后，我们站成一排，让棺材过去。我们跟随在抬棺人之后，走出养老院。在大门口，停着一辆送葬车，长方形，漆得锃亮，像个文具盒。在它旁边，站着葬礼司仪，他个子矮小，衣着滑稽，还有一个举止做作的老人。我明白了，此君就是贝雷兹先生。他头戴圆顶宽檐软毡帽，棺木经过的时候，他脱下了帽子。他长裤的裤管拧绞在一起，堆在鞋面上；他黑领带的结打得太小，而白衬衫的领口又太大，很不协调；他的嘴唇颤抖个不停，鼻子上长满了黑色的小点；他一头白发相当细软，下面露出两只边缘扭曲、形状怪异、耷拉着的耳朵；血红色的耳廓对衬着的苍白的面孔，使我觉得刺眼。葬礼司仪安排好我们各自的位置。神甫领头走在最前面，然后是枢车，枢车旁边是四个黑衣人，枢车后面是院长和我，最后断路的是护士代表与贝雷兹先生。

太阳高悬，普照大地，其热度迅速上升，威力直逼大地。我不懂为什么要磨蹭这么久才迟迟出发。身穿深色衣服，我觉得很热。矮老头，本来已戴上了帽子，这时又脱下来了。院长又跟我谈起他来了，我略微歪头看看他。

院长说，我妈妈与贝雷兹先生，常在傍晚时分，由一个女护士陪同，一直散步到村子里。我环顾周围的田野，一排排柏树延伸到天边的山岭上，田野的颜色红绿相间，房屋稀疏零散，却也错落有致。见到如此景象，我对妈妈有了理解。在这片景色中，傍晚时分那该是一个令人感伤的时刻。而在今天，滥施淫威的太阳，把这片土地烤得直颤动，使它变得严酷无情，叫人无法忍受。

我们上路了。这时，我才看出贝雷兹有点儿瘸。车子渐渐加快了速度，这老头儿就落在后面了，其中一个黑衣人也跟不上车，与我并排而行。我感到惊奇，太阳在天空中竟升高得那么快。我这才发现，田野里早已弥漫着一片虫噪声与草簌声。汗水流满了我的脸颊。因为我没有戴帽子，只得用手帕来扇风。殡仪馆的那人对我说了句什么，我没有听清楚。这时，他右手把鸭舌帽帽檐往上一推，左手用手帕擦了擦额头。我问他："怎么样？"他指了指天，连声道："晒得厉害。"我应了一声："是的。"过了一小会儿，他问我："这里面是您母亲吗？"我同样应了一声："是的。"他又问："她年纪老吗？"我回答说："就这么老。"因为我搞不清她究竟有多少岁。到这里，他就不吭声了。我转过身去，看见贝雷兹老头已经落在我们后面五十来米。他急急忙忙往前赶，手上摇晃着帽子。我也看了看院长。他庄严地走着，一本正经，没有任何小动作，他的额头上渗出了一些汗珠，但他没有去擦。

我觉得这一行人走得更快了。在我周围，仍然是在太阳逼射下灿灿一片的田野。天空亮得刺眼。有一阵，我们经过一段新修的公路，烈日把路面的柏油都晒得鼓了起来，脚一踩就陷进去，在亮亮的层面上留下裂口。车顶上车夫的熟皮帽子，就像是从这黑色油泥里鞣出来的。我头上是蓝天白云，周围的颜色单调一片，裂了口的柏油路面是黏糊糊的黑，人们穿的衣服是丧气阴森的黑，柩车是油光闪亮的黑，置身其中，我不禁晕头转向。所有这一切，太阳、皮革味、马粪味、油漆味、焚香味，一夜没有睡觉的疲倦，使得我头昏眼花。我又回了回头，见贝雷兹已远远落在我后面，在一片腾腾的热气中若隐若现，后来，干脆就看不见了。我用目光搜寻他，见他已离开了大路，而后又从田野斜穿过来。我发现在我们前方的大路转了个弯。原来，贝雷兹熟悉本地，他正抄近路追赶我们。果然，在大路转弯的地方，他追上我们了。不久，我们又把他落下了。他仍然是穿田野、抄近路，这样，反反复复，如法炮制了好几次。而我，这么走着的时候，一直觉得血老往头上涌。

后来，所有的事都进行得那么快速、具体、合乎常规，所以我现在什么都不记得了。只记得这么一件事：在村口，护士代表跟我说了话。她的声音奇特，抑扬顿挫而又颤悠发抖，与她的面孔极不协调。她对我说："走得慢，会中暑，走得太快，又会汗流浃背，一进教堂就会着凉感冒。"她说得对，左右为难，不知如何是好。此外，我还保留了那天的几个印象：例如，贝雷兹最后在村口追上我们时的那张面孔。他又激动又难过，大颗大颗的眼泪流在脸颊上，但由于脸上皱纹密布，眼泪竟流不动，时而扩散，时而汇聚，在那张哀伤变形的脸上铺陈为一片水光。此外，还有教堂，还有站在路旁的村民、开在墓地坟上的红色天竺葵，还有贝雷兹的晕倒，那真像一个散了架的木偶，还有撒在妈妈棺材上的血红色的泥土与混杂在泥土中的白色树根，还有人群、嘈杂声、村子、在咖啡店前的等待、马达不停的响声以及汽车开进阿尔及尔闹市区、我想到将要上床睡上十二个钟头时所感到的那种喜悦。

二

　　我醒来的时候，明白了为什么我请了两天假，老板就一直板着面孔，因为今天是星期六。可以说，我把这事全给忘了，起床时才想起来。老板自然是想到了，加上星期天，我就等于有了四天假期，而这，是不会叫他高兴的。但是，一者，妈妈的葬礼安排在昨天而不是今天，这并非我的过错；二者，不论怎么说，星期六与星期天总该归我所有。即使是这个理，也并不妨碍我理解老板的心理。

　　昨天实在很累，今早几乎起不了床。刮脸的时候，我想了想今天要干什么，我决定去游泳。我乘电车到了海滨浴场。在那儿，我一头就扎进了泳道。浴场上年轻人很多。我在水里看见了玛丽·卡尔多娜，她以前是与我同一个办公室的打字员。那时，我很想把她弄到手。现在想来，她当时也对我有意，但不久她就离职而去，我俩没有来得及好上。在浴场上，我帮她爬上一个水鼓，扶她的时候，我轻微地碰了碰她的乳房。她躺在水鼓上面，我仍在水里。她的头发遮住了眼睛，她一直在笑。我也爬上水鼓，躺在她身边。天气晴和，我像开玩笑似的把头抬起枕在她的肚子上。她没有说什么，我也就趁势这么待着。我两眼望着天空，天空一片蔚蓝，金光流溢。我感觉到玛丽的肚子在我的颈背下轻柔地一起一伏。我俩半睡半醒地在水鼓上待了很久，当太阳晒得特别厉害的时候，她就钻进水里，我也跟着下水。我赶上她，用手臂搂着她的腰，我俩齐游共泳，她一直在笑。我们在岸上晾干的时候，她对我说："我晒得比你黑。"我问她，晚上是否愿意去看场电影。她仍然在笑，对我说她很想去看费尔南德主演的一个片子。当我们穿上衣服的时候，她见我系着黑领带，显得有点诧异，问我是不是在戴孝。我对她说妈妈死了。她想知道是什么时候，我告诉她："就是昨天。"她吓得往后一退，但没有发表什么意见。我想对她说这不是我的过错，但我没有说出口，因为我想起我对老板也这么说过。其实说这个毫无意义，反正，人总得有点什么错。

晚上，玛丽把这件事抛到了脑后。这个片子有些地方挺滑稽，但实在很蠢。她的腿靠着我的腿，我抚摩她的乳房。电影快散场的时候，我抱吻了她，但没有吻好。出了电影院，她随我到了我的住所。

我醒来的时候，玛丽已经走了。她跟我说过她得到她姨妈家去。我想起了今天是星期天，这真叫我烦，我从来都不喜欢过星期天。于是，在床上翻了个身，努力去寻找玛丽的头发在枕头上留下的海水的咸味，我一直睡到十点钟。然后，仍然躺在床上，不断抽烟，一直抽到了中午。我像往常一样不喜欢到塞莱斯特的饭店去吃饭，因为，那里肯定会有熟人向我提出种种问题，这我可不喜欢。我煮了几个鸡蛋，就着盘子吃掉了，也没有用面包，面包早就吃完了，我一直不愿意下楼去买。

吃罢饭，我有点烦闷，就在房间里转来转去。妈妈在的时候，这套房子大小合适，现在，我一个人住就显得太空荡了。我不得不把饭厅里的桌子搬到卧室里来。我只用我这一间，几张已经有点塌陷的麦秸椅子、一个镜面已经旧得发黄的柜子、一个梳妆台，还有一张铜床，我就生活在这个空间里，其他的空间我都不管了。又过了一会儿，我为了消磨时光，就拿起一张旧报纸读了起来。我把克吕逊盐业公司的一则广告剪下来，粘贴在一个旧本子上，报纸上种种叫我开心的东西，我都贴在那里面。之后，我洗了洗手，事情告一段落，我来到阳台上。

我的房间正朝着本区一条主要街道。中午，天气晴朗，但马路肮脏，行人稀少而又来去匆匆。我先看见一家家出来散步的人，有两个穿海军服的小男孩，短裤长得过了膝盖，笔挺的服装使得他们举止拘谨。还有一个小女孩，头上扎着玫瑰红的大花结，脚穿黑色的漆皮鞋。在孩子的后面，是他们的母亲，身材高大，穿着栗色连衣裙。父亲则是一个相当瘦弱的小个子，我颇眼熟。他戴着扁平的狭边草帽，领口扎着蝴蝶结，手持一根文明杖。看见他跟他妻子在一起，我明白了为什么这个区的人都说他秀气优雅。过了一小会儿，走来一群郊区的年轻人，头发油光锃亮，打着大红领带，衣服腰身紧实，装佩着绣花口袋，脚上穿的是方头皮鞋。我猜他们是到城里去看电影的，所以这么早就动身。他们一伙人急急忙忙赶电车，还高兴地说说笑笑。

这一群人过去之后，路上行人渐渐稀少。我想，那些好看好玩的地方开始热闹起来了。街上只剩下了一些商店老板与猫。从街道两旁的榕树上空望去，天空晴和，但并不明朗。在街对面的人行道上，有个烟铺老板搬出一把椅子，放在店门口，跨坐在上面，两臂搁在椅背上。刚才拥挤不堪的电车，现在几乎全都空了。烟铺旁边那个名叫"皮埃罗之家"的小咖啡馆里，厅堂空空荡荡，一个侍者正在用锯屑擦洗地面。真个是一派星期天的景象。

　　我也把椅子倒转过来，像烟铺老板那样放着，我觉得那样更舒服。我抽了两支烟，又进房拿了一块巧克力，回到窗前吃了起来。过了一小会儿，天空变得阴沉，我以为快要下暴雨了，但是，它又渐渐转晴。不过，一片片乌云飘过，使得街道阴暗了些。我抬头望着天空，一直这么待了好久。

　　下午五点钟，一辆辆电车在轰隆声中驶过来了，载满了一群群从郊区体育场看比赛回来的人，有些人就站在踏板上，有些则扶着栏杆。跟在后面的几辆电车载的是运动员，我是从他们的小手提箱认出来的。他们使劲地高呼、歌唱，嚷嚷他们的团队将永远战无不胜。好几个运动员朝我打招呼，其中一个对我喊道："我们赢了他们。"我也回喊了一声"没错"，同时使劲点点脑袋。电车过去，街上的小汽车就开始一拥而至了。

　　天色有点暗了。屋顶的上空变成淡红色，随着暮色渐至，那些假日出游的人陆续往回走。我在人群中认出了那位优雅的先生。他家的几个孩子哭泣着跟在父母的后头。这时，附近的电影院一股脑儿将所有的观众都倾泻在大街上。那些观众中，青年人的行为举止比平日多了几分冲劲，我猜他们刚才看的是一部惊险片。从城里电影院回来的观众则姗姗来迟，他们显得较为庄重。他们也说说笑笑，但显得疲倦并若有所思，他们待在街道上，在对面的人行道上踱来踱去。这一带的少女们，不着帽，披着发，挽着胳臂在街上走；小伙子们则打扮得整整齐齐，为的是跟她们擦身而过。他们不断高声地开玩笑，招得姑娘们咯咯直笑，还回过头来瞅瞅他们。姑娘们之中有几个我是认得的，她们也在跟我打招呼。

这时，街灯突然一齐亮了，使得在夜空中初升的星星黯然失色。老这么盯着灯光亮堂、行人熙攘的人行道，我感到眼睛有些发累。灯光把潮湿的路面与按时驶过的电车照得闪闪发亮，也映照着油亮的头发、银制的手镯与人的笑容。过了一会儿，电车渐渐稀疏了，树木与街灯的上空，已是一片漆黑。不知不觉，附近这一带已阒无一人，于是，又开始有猫慢吞吞地踱过空寂的街道，我这才想到该吃晚饭了。倚靠在椅背上待的时间实在太久，我的脖子有点酸痛。我下楼买了面包与果酱，自己略加烹调，站着就吃完了。我想在窗口抽支烟，但天气凉了，我略感凉意。我关上窗户，转过身来，从镜子里看见桌子的一角上放着我的酒精灯与几块面包。我想，这又是一个忙忙乱乱的星期天，妈妈已经下葬入土，而我明天又该上班了，生活仍是老样子，没有任何变化。

三

今天，我在办公室干了很多的活儿。老板显得和蔼可亲。他关心地问我累不累，还问我妈妈有多大岁数。为了不把具体的岁数说错，我回答："六十来岁。"我不知道为什么他一听此话就好像松了一口气，并认为这是了结了一桩大事。

我的桌上放了一大堆提单，都得由我来处理。在离开办公室外出吃午饭之前，我洗了洗手。每天中午，我喜欢这么清理清理。到了傍晚，我就不高兴这么做了，因为公用的转动毛巾被大家用一天，已经全湿透了。有一天，我曾经提请老板注意此事。他回答我说，他对此也感到遗憾，但这毕竟是无关紧要的一桩小事。我下班稍晚一点儿，十二点半才跟在发货部工作的艾玛尼埃尔一道出来。

公司的办公室面对大海，我们先观看了一会儿阳光照射下的海港里停泊的船只。这时，一辆卡车开过来了，夹带着一阵链条哗啦声与内燃机噼啪声。艾玛尼埃尔问我："咱们去看看如何？"我就跑了起来。卡车超过了我们，我们跟在它后面直追。我被淹没在一片噪声与灰尘之中，什么也看不见，只感到自己是在拼命地奔跑，进行比赛，周围是绞车、机器、在半空中晃动的桅杆以及停在近旁的轮船。我第一个抓住了卡车，一跃而上。然后，我帮艾玛尼埃尔在车上坐好。我们两人都喘不过气来。卡车在码头高低不平的路面上使劲颠簸，包围在阳光普照与尘土飞扬之中。艾玛尼埃尔笑得上气不接下气。

我们大汗淋漓地来到了塞莱斯特的饭店。塞莱斯特还是那个样子，大腹便便，系着围裙，蓄着白色小胡子。他问我总还过得下去吧，我回答说是，还说我肚子饿了。我狼吞虎咽，又喝了咖啡。然后，我回到家里，因为酒喝多了，就睡了一小觉。醒来时，我想抽烟。时间已经迟了，我跑着去赶电车。整个下午，我一直闷头干活。办公室里很热，傍晚，我下班出来，沿着码头慢步回家，这时，颇有幸福自在之感。天空是绿色的，我神清气爽，尽管如此，我还是径直回家，因为我想自己煮土豆。

上楼的时候，我在黑乎乎的楼梯上撞着了沙拉玛诺老头，他是我同楼层的邻居。他牵着狗，八年以来，人们都见他与狗形影不离。这条西班牙猎犬生有皮肤病，我想是丹毒叫它的毛都脱光了，浑身是硬皮，长满了褐色的痂块。主人与狗挤住在同一个小房间里，日子久了，沙拉玛诺老头终于也像那条狗了。他脸上长了好些淡红色的硬痂，头发稀疏而发黄。而那狗呢，则学会了主人弯腰驼背的行走姿势，嘴巴前伸，脖子紧绷。他们好像是同一个种族的，但又互相厌恶。每天两次，上午十一时，傍晚六时，老头都要牵狗散步。八年以来，他们从未改变过散步的路线。人们老见他俩沿着里昂街而行，那狗拖拽着老头，搞得他蹒跚趔趄，于是，他就打狗、骂狗。狗吓得趴在地上，由主人拖着走，这时，该老头去拽它了。过一会儿，狗忘得一干二净，再次拽起主人来了，主人就再次对它又打又骂。这样一来，他们两个就停在人行道上，你瞪着我，我瞪着你，狗是怕，人是恨。天天如此，日复一日。有时狗要撒尿，老头偏不给它时间，而是硬去拽它，这畜生就哩哩啦啦撒了一路。如果它偶尔把尿撒在屋里，更要遭一顿狠打。这样的日子已经过了八年。塞莱斯特对此总这么说："这真不幸。"但实际上，谁也说不清楚。

当我在楼梯上碰见沙拉玛诺的时候，他正在骂狗："坏蛋！脏货！"狗则在哼哼。我对他道了声"晚安"，他仍在骂个不停。我就问他狗怎么惹他了。他也不回答，只顾骂："坏蛋！脏货！"我见他弯下腰去，在狗的颈圈上摆弄着什么，我又提高嗓门儿问他。他没有转向我，只是憋着火气回答说："它老是那副德行。"说完，便拖着狗走了。那畜生匍匐在地被生拉硬拽，不断哼哼唧唧。

正在此时，又进来了一个同楼层的邻居。附近一带的人都说，他是靠女人生活的。但是，有人问他是从事什么职业时，他总是答曰："仓库管理员。"一般来说，他一点儿也不招人喜欢，不过，他常主动跟我搭话，有时，也会上我的房间坐坐，我总是听他说。我觉得他所讲的事都很有趣。再说，我也没有任何道理不跟他说话。他名叫雷蒙·桑泰斯，个子相当矮小，宽肩膀，塌鼻子。他总是穿着得很讲究。谈到沙拉玛诺时，他对我也这么说："这真不幸！"他问我，我对那对难兄难弟是不是感到恶心，我回答说不。

我们上了楼，我跟他告别的时候，他对我说："我房里有香肠有酒，愿意来跟我喝一杯吗？……"我想这可以免得自己回家做饭，于是就接受了邀请。他也只有一个房间，外带一间没有窗户的厨房。在他的床上方，摆着一个白色与粉红色的仿大理石天使雕塑，贴着一些体育冠军的相片与两三张裸体女人画片。房间里很脏，床上很凌乱。他先点上煤油灯，然后从口袋里拿出一卷相当肮脏的纱布，把自己的右手包扎起来。我问他是怎么回事。他说刚才跟一个找麻烦的家伙打了一架。

"默尔索先生，"他对我说，"您知道，并非我这个人蛮不讲理，但我是个火性子。那个家伙冲着我叫板：'你小子有种就下电车来。'我对他说：'滚你的，别找碴儿。'他就说我没有种，这么一来，我就下了电车，对他说：'够了，你到此为止吧，不然我就要教你长长见识。'他又朝我叫板：'你敢怎么样？'于是，我就揍了他一顿。他跌倒在地。我呢，我正要扶他起来，他却在地上用脚踢我，我又给了他一脚，扇了他两个耳光。他满脸是血。我问他受够了没有，他回答说够了。"说着这段故事的时候，雷蒙已经把纱布缠好。我坐在床上。他继续说，"您瞧，不是我去惹他，而是他来冒犯我。"的确如此，我承认。于是，他向我表示，他正想就此事征求我的意见，他认为我是一条汉子，又有生活阅历，能够帮助他，以后他会成为我的朋友。我什么话也没有说，他就问我愿不愿意做他的朋友。我说做不做都可以。他听了显得很高兴。他取出香肠，在炉子上烹调了一番，接着又摆上酒杯、盘子、刀叉与两瓶酒。做这一切时，他没有说话。我们坐了下来。他一边吃，一边给我讲述他的故事。开始，他有点不好启齿，"我结识了一个太太……这么说吧，她就是我的情妇。"被他揍了一顿的那个人，就是这位太太的兄弟。他对我说，他一直供养着这个女人。我没有答言。接着他又说，他知道附近一带关于他的流言蜚语，但他问心无愧，他确实是一个仓库保管员。

"说到我跟这女人的关系，我发现她一直在欺骗我。"他把整个事情追述了一遍，他供她的钱正够她维持生活，他还替她付房租，每天另给她二十法郎的饭钱。"三百法郎的房租，六百法郎的饭钱，时不时还送她一双袜子，这几项加起来就有上千法郎了。这位女士赋闲在家，却振振有词，还说我供她的钱不够她过日子。我常对她说，'你为什么不出去找个半日班的工作干干？那就省得我为你的零星花销操心。这个月，我给你买了一套衣服，每天又给你二十法郎，还替你付房租，而你每天下午都跟你的姐们儿喝咖啡，拿我的咖啡和糖去招待人家。我供养你，我待你不薄，你倒以怨报德。'我这么说她，她还是不出去工作，总说钱不够用，所以，我才发觉其中必定有鬼。"

接着，这汉子告诉我，有一天他在她的手提包里发现了一张彩票，她无法解释她是怎么买来的。不久，他又在那里发现了一张当票，证明她到当铺里当了两只手镯。而他，从不知道她还有两只镯子。"我当然一眼就看穿她一直对我不忠。于是，我就把她休了，不过，我先揍了她一顿，然后才揭穿她的鬼把戏。我对她说，她跟我只是为了寻开心。默尔索先生，我是这么对她说的：'你也不好好瞧瞧大家是多么羡慕我给你的福分，你以后就会明白，你跟着我是身在福中不知福。'"

他把那个女人打出了血。在此以前，他从不打她。"过去也常有过动手的事，但可以说，只是轻轻碰一下而已。她只要稍一叫喊，我就关上窗子，立即罢手，每次都是这样。而这一次，我可是动真格的了，我还觉得对她教训得不够呢。"

他接着又向我解释说，正是为这件事，他需要听听别人的意见。说到这里，他停了下来，去把燃尽了的灯芯调了一遍。我一直在听他说，慢慢喝掉了将近一公升的酒，喝得太阳穴直发热。我不断地抽雷蒙的香烟，因为我自己的都抽光了。最后的几班电车开过去了，带走了郊区已渐模糊的嘈杂声。雷蒙还在继续说，使他烦恼的是，他偏偏对自己那个妞头还有感情，但他仍想惩罚她。起初他想把她带到一家旅馆去，跟"风化警察"串通好，制造一桩丑闻，害得她在警察局里备个案。后来，他又找了几个流氓帮里的朋友讨主意，他们也没有想出什么法子，不过，正如雷蒙向我指出的那样，跟帮里的人称兄道弟是很值得的，他把事由告诉他们之后，他们就建议他在那个女人脸上"留个记号"。但是，他不想这么损，他要考虑考虑。在此以前，他想问问我有什么主意。现在，尚未得到我的指点之前，他想知道我对整桩事有什么看法。我回答说，我没有什么看法，不过我觉得这桩事挺有趣。他问我是不是也认为那女人欺骗了他。我说看来的确是欺骗了他，他又问我，我是不是也认为该去惩罚那个女人，如果我碰见了这种事，我会怎么去做。我对他说，我永远也不可能知道该怎么做，但我很理解他要惩罚那个女人的心理。说到这里，我又喝了一点酒。他点起一支烟，对我讲了他的打算。他想给她写一封信，狠狠地羞辱她一番，同时讲些话叫她感到悔恨。信寄出后，如果她回到他身边，他就跟她上床做爱，"正要完事的时候"，他要吐她一脸唾沫，再把她轰出门外。我说，要是他用这个法子，当然是把那女人惩罚了一顿。但是，雷蒙说，他觉得自己写不好这么一封信，他想请我代笔，见我没有吭声，他就问我马上写我是否嫌烦，我回答说不是。

他又喝了一杯酒，然后站起身，把杯盘与我们吃剩下的一点儿冷香肠挪开。他仔仔细细把铺在桌上的漆布擦干净，从床头柜的抽屉里取出一张方格纸、一个黄信封、一支红木杆的蘸水笔和一方瓶紫墨水。他把那女人的名字告诉我，从姓名看，她是个摩尔人。我写好了信。信写得有点儿随便，但我尽可能写得叫雷蒙满意，因为，我没有必要叫他不满意。我高声念给他听，他一边抽烟一边听着，连连点头。他又请我再念了一遍。他表示完全满意。他对我说："我早就知道你见多识广。"我开始没有注意到他在用昵称"你"跟我说话。听到他这么说："现在，你是我真正的朋友。"这时我才受宠若惊。这句话他又重复了一遍，我回应了一声"是的"。对我来说，做还是不做他的朋友，怎么都行，而他，看起来倒确实想攀这份交情。他封上信，我们喝完了酒，默默地抽了一会儿烟。街上很安静，我们听见有一辆汽车驶过。我说："时间很晚了。"雷蒙也这么说，他觉得时间过得真快，在某种意义上，的确如此。我实在困了，但我却站不起来。我的样子一定是显得疲惫不堪，所以雷蒙对我说我不该灰心丧气、一蹶不振。起初我不懂他这话的意思。他就给我解释说，他听说我妈妈去世了，但他认为这只是早晚要发生的事。我说，我也是这么看的。

我站起身来，雷蒙使劲握住我的手，对我说，男人与男人，感同身受，心意相通。出了他的房间，我把门带上，在漆黑的楼梯口待了一小会儿。整幢楼房一片寂静，从楼梯洞的深处升上来一股不易察觉的潮湿的气息。我只听见血液的流动正在我耳鼓里嗡嗡作响，我站在那里没有动。沙拉玛诺老头的房间里，他那条狗发出低沉的呻吟。

四

整整这个星期，我干活儿很卖劲儿。雷蒙来过我处，告诉我他已经把信发出去了。我与艾玛尼埃尔去看过两次电影，银幕上演些什么，他常看不明白，我得给他解释。昨天是星期六，玛丽来了，这是我们事先约好的。我见了她就产生了强烈的欲望，因为她穿了一件漂亮的红色条纹连衣裙，脚上是一双皮凉鞋，乳房丰满坚挺，皮肤被阳光晒成了棕色，整个人就像一朵花。我俩坐上公共汽车，来到离阿尔及尔几公里远的一个海滩，那里有悬崖峭壁环抱，靠岸的这边，则有一溜芦苇。下午四点钟的太阳，已不太灼热，但海水还很温暖，水光接天，微波荡漾。玛丽教我玩一种游戏，那就是在游泳的时候，迎着浪尖喝一口水含在嘴里，然后转过身将水朝天喷出。那水既像泡沫花带一样在空中稍纵即逝，又像温热的雨丝洒落在脸上，但玩了一会儿之后，我的嘴就被苦咸的海水烧得发烫。玛丽又游到我身边，在水里紧紧依偎着我，她把嘴贴着我的嘴，伸出舌头舔尽了我唇上的咸涩。我俩在水里翻腾搅和了好一阵子。

当我俩在海滩上穿上衣服的时候，玛丽用热烈的眼光瞧着我。我抱吻了她。从这时起，我俩不再说话交谈，我紧搂着她，我俩急于搭上公共汽车，急于回我的家，急于上床做爱。我把窗户大大敞开，感受着夏夜在我们的棕色皮肤上流走，真是妙不可言。

　　早晨，玛丽没有走，我对她说要跟她一道共进午餐。我下楼去买了点肉。回楼上的时候，我听见雷蒙的房间里有女人的说话声。过了一小会儿，沙拉玛诺老头儿又开始骂狗了，我们听见木头楼梯上响起鞋底声与爪子声，还有"坏蛋！脏货"的骂声，老头儿与狗出了楼到街上去了。我对玛丽讲了老头儿的事情，她听了直笑。她穿着我的睡衣，两袖高高挽起。当她笑的时候，我对她又动了欲念。过了一会儿，她问我爱不爱她。我对她说，这种话毫无意义，但我似乎觉得并不爱。她听了显得有些伤心。但是，在做饭的时候，她又无缘无故地笑了起来，笑得我又抱她吻她。正是此时，雷蒙的房间里传来一阵吵架声。

　　先是听见一声女人的尖叫，接着就是雷蒙的声音："你敢跟我对着干，你敢跟我对着干，我要教你学会怎么对着干！"同时是几记重重的抽打声与女人的号叫，叫得那么惨厉，楼梯口立即就站满了人。玛丽与我也出了房门，听见那女人还不断在惨叫，而雷蒙还不断在打。玛丽对我说，这真可怕，我没有吭声。她要我去找警察，我说我不喜欢警察。但是住在三层的一个做白铁工的房客找来了一个。警察敲了敲门，里面就没有声音了。他又使劲地敲，过了一会儿，女人哭起来了，雷蒙把门打开。他嘴上叼着一支烟，满脸堆笑。那女人从门里冲出来，高声向警察告状，说雷蒙打了她。警察问她，"你叫什么名字？"雷蒙替她回答了。"你跟我说话的时候，把烟从嘴上拿掉！"警察命令道。雷蒙没有立即照办，他瞧了瞧我，又抽了一口。说时迟那时快，警察朝他的脸上，狠狠的一个大耳光扇个正着。他嘴上那支烟被扇出几米远。雷蒙脸色大变，但他当时什么也没有说，而是低声下气地问警察，他是不是可以把自己的烟头拾起来。警察说可以，但又补了一句："下次别忘了，警察可不是你闹着玩的。"那女人一直在哭，不断地说："他打了我，他是个男鸨。"雷蒙就问："警察先生，说一个男人是男鸨，这在法律上讲得通吗？"但警察命令他："闭上你的嘴。"雷蒙于是转身向那女子，对她说："你等着瞧，小娘们儿，咱俩后会有期。"警察要他别再吭声，叫那女人离开，叫他待在家里等候警局的传讯，他还说，雷蒙醉成这样，不断打哆嗦，应该感到羞耻。雷蒙听了，辩解说："警察先生，我可没有醉，只是我在这里，在您面前，我才打哆嗦，自己控制不住。"他关上房门，围观的人也都散了。玛丽与我做好了午饭。但她不饿，几乎都让我吃了。她一点钟时走了，我又睡了一会儿。

将近三点的时候，有人敲我的门，进来的是雷蒙。我仍然躺在床上没有起身。他在我的床边坐下。开始时他一言不发，我就问他，他的事怎么闹到了这种地步。他讲述了他如何按预谋行事，如愿以偿，但她回敬了他一个耳光，这么一来，他就揍了她一顿。以下的情况，我都在场看见了。我对他说，我觉得那女人确已受到惩罚，你该感到满意了。雷蒙表示同意，而且他认为，警察横加干涉也是白搭，反正那女人已经挨了一顿揍。他还说，他对那些警察了解得很透，知道该怎么对付他们。他问我，当时我是不是等着他回敬那警察一个耳光。我回答说，当时我并没有在等什么，不过，我从来都不喜欢警察。雷蒙听了好像很满意。他问我是否愿意和他一道出去走走。我下了床，梳了梳头。他说我得给他作证。我表示怎么都行，但我不知道该作些什么证。照雷蒙的意思，只需说那个女人冒犯了他就行了。我答应为他提供这样的证词。

我们出了门，雷蒙请我喝了一杯白兰地。后来，他要去打一局台球，我跟着去差一点儿输了。接着，他又要去逛妓院。我说不，因为我不喜欢。于是，我们慢慢地回去。他对我说把情妇惩罚了一顿，他心里真高兴。他对我很热情友好，和他相处，我觉得是一段愉快的时光。

隔着老远，我看见沙拉玛诺老头儿站在大门口，神情焦躁。我们走近时，我发现他没有和他的狗在一起。他正在东张西望，转来转去，使劲儿朝黑洞洞的走廊里看，嘴里嘟嘟囔囔，语不成句，还睁着那双小红眼，仔细朝街上搜索。雷蒙问他怎么啦，他没有立即回答。我模糊听见他低声骂了一句"坏蛋，脏货"，神情依然焦躁。我问他狗到哪里去了，他没有好气地回答说它跑掉了，接着，他却突然滔滔不绝地说起来："我像平日一样，牵着它去练兵场，那些商贩棚子周围全是人。我停下来看了看《消遣之王》。转身要走时，狗就不见了。的确，我早就想给它换一个小一点儿的颈圈，没有想到这个脏货这么早就溜掉了。"

雷蒙对他说，狗可能是迷了路，它不久就会找回来的。他举了好几个例子，说狗能隔十几公里远又跑回主人的身边。听了这些宽心话，老头儿反倒更为焦急不安了。"可您知道，他们会把它逮走的，如果有人收养它就好了，但那是不可能的，它一身的疮，人见人厌，警察会逮走它的，我敢肯定。"于是，我对他说，应该去招领处看看，付点钱就可以把它领回来。他问我金额高不高。我说不知道。他听了就发起火来："为这个脏货花钱！啊，它还是去死吧！"接着，他又对那畜生骂将起来。雷蒙直笑，钻进了楼里。我也跟着他上楼，我们在楼梯口分了手。过了一会儿，我听见沙拉玛诺老头儿的上楼声，接着，他敲我的房门。我把门打开，他站在门口说："对不起，对不起。"我请他进来，但他不肯。他瞧着自己的鞋尖，长满了疮痂的手在颤抖着。他没有看我，径直问道："默尔索先生，您说，他们不会把它逮走吧。他们会把它还给我的，是吧，否则的话，我怎么活下去呢？"我对他说，招领处将进去的狗保留三天，等主人去领，三天以后才任意处置。他一言不发地望着我，然后，向我道了一声"晚安"。他关上自己的房门，我听见他在房里走来走去。他的床嘎嘎作响了一下，透过墙壁传来一阵细细的奇怪的声音，我听出来他是在哭。不知道怎么搞的，这时我突然想起了我妈妈，但是明天早晨我得早起。我不饿，所以没有吃晚饭就上床睡了。

五

雷蒙往办公室给我打电话，说他有个朋友曾经听他说起过我，要邀请我到阿尔及尔附近的海滨木屋去过星期天。我回答说很愿意去，但我已经和女朋友约好一起过。雷蒙立即说他那位朋友也请我的女友去。因为那位朋友的妻子一定很高兴在一堆男人中有个女伴。

我本想立刻把电话挂掉，原因是我知道老板不喜欢有人从城里给我们这些雇员打电话。雷蒙要我等一等，他说他本来可以在晚上向我转达那位朋友的邀请，但他有别的事要提前告诉我。他今天一直被一帮阿拉伯人盯梢，那帮人中有一个就是他那前姘头的兄弟。"你今晚回家的时候，如果发现这帮人在我们住处附近活动，你一定要告诉我一声。"我回答说当然不在话下。过了一会儿，老板派人来叫我，这使我有点心烦意乱，因为我以为他又要教训我少打电话多干活儿了。其实根本不是这么回事，他说他要跟我谈谈一个还很模糊的计划。他只是想听听我对这个问题的意见。他计划在巴黎设一个办事处，负责市场业务，直接与那些大公司做生意，他想知道我是否愿意被派往那儿去工作。这份差事可以使我生活在巴黎，每年还可以旅行旅行。"你正年轻，我觉得这样的生活你会喜欢的。"我回答说，的确如此，不过对我来说，实在是可有可无。于是，他就问我是否不大愿意改变改变生活，我回答说，人们永远也无法改变生活，什么样的生活都差不多，而我在这里的生活并不使我厌烦。老板显得有些扫兴，他说我经常是答非所问，而且缺乏雄心大志，这对做生意是糟糕的。他说完，我又回去工作了。我本想不扫他的兴，但我实在看不出有什么理由要改变我的生活。仔细想来，我还算不上是个不幸者。当我念大学的时候，有过不少这类雄心大志，但当我辍学之后，很快就懂得了，这一切实际上并不重要。

晚上，玛丽来找我，问我是否愿意跟她结婚。我说结不结婚都行，如果她要，我们就结。她又问我是否爱她，我像上次那样回答了她，说这个问题毫无意义，但可以肯定我并不爱她。"那你为什么要娶我？"她反问。我给她解释说这无关紧要，如果她希望结婚，那我们就结；再说，是她要跟我结婚的，我不过说了一声同意。她认为结婚是件大事，我回答说："不。"她沉默了一会儿，无言地瞧着我，然后又说，她只不过是想搞清楚，如果这个建议是来自另一个女人，而我跟她的关系与我跟玛丽的关系同属于一种性质，那我会不会接受。我说："当然会。"于是，她心想自己是不是爱我，而我呢，对此又一无所知。她又沉默了一会儿之后，低声咕哝说我真是个怪人，她正是因为这点才爱我的，但将来有一天也许会由于同样的原因而讨厌我。我没有吭声，无话要补充。她见此，就笑着挽着我的胳臂，说她愿意跟我结婚。我回答说，她什么时候愿意，我们就什么时候结。这时，我跟她谈起了老板的建议，玛丽说她很愿意去见识见识巴黎。我告诉她我曾经在那里住过一段时间，她就问巴黎怎么样。我对她说："很脏。有不少鸽子，有些黑乎乎的院子。人们有白色的皮肤。"

后来，我们出去走了走，逛了全城几条大街。街上的女人都很漂亮，我问玛丽她是否注意到了。她说注意到了，还说由此她对我有所了解了。此后片刻，我们两人都一言不发。但我还是想要她跟我在一起，我对她说我们可以到塞莱斯特那儿去吃晚饭，她说想去，但她有事。于是，在我住处的附近，我对她道了再见。她瞧着我说："你就不想知道我有什么事吗？"我倒很想知道，但我没想去问她，对此，她显出要责怪我的样子。见我有点尴尬，她又笑了起来，把身子往我面前一靠，给了我一个吻。

　　我在塞莱斯特的饭馆吃晚饭。在我已经吃起来之后，走进来一个怪怪的小个子女人，她问我可不可以坐在我的桌旁。当然可以。她的动作急促而不连贯，两眼炯炯有光，小小的面孔像圆圆的苹果。她脱下夹克衫，坐了下来，匆匆地看了看菜谱。她招呼塞莱斯特过来，立刻点了她要的菜，语气干脆而又急促。在等主菜前的小吃时，她打开手提包，取出一小块纸片与一支铅笔，提前结算出费用，然后从钱包里掏出这笔钱，再加上小费，分文不差，全数放在面前。这时，主菜前的小吃端上来了，她狼吞虎咽，很快就一扫而光。在等下一道菜时，她又从提包里取出一支蓝铅笔与一份本周的广播节目杂志，她仔仔细细把几乎所有的节目都一一做了记号。因为那本杂志有十几页，所以她整个用餐时间都在做这件事。我已经吃完，她还在专心致志地圈圈点点。不一会儿，她吃完起身，以刚才那样机械而麻利的动作，穿上夹克衫就走了。我无事可做，也出了饭店，并跟了她一阵子，她在人行道的边缘上走，步子特别快速而稳健，她径直往前，头也不回。终于，她走出了我的视线，我自己也就往回走了。当时，我觉得她一定是个怪人，但这个念头一过，我很快就把她忘了。

在房门口，我遇见了沙拉玛诺老头儿。我请他进去，他告诉我，他的狗的确丢了，因为它不在招领处。那里的管理人员对他说，那狗或许是被车轧死了。他问到警察局去是否可以打听得清楚。人家告诉他说，这类鸡毛蒜皮的事是不会有记录的，因为每天都有司空见惯。我安慰沙拉玛诺老头儿说，他满可以另外再养一条狗，可是，他提请我注意，他已经习惯跟这条狗在一起了。他这话倒也言之有理。

我蹲在床上，沙拉玛诺坐在桌子前的一把椅子上。他面对着我，双手搁在膝盖上。他戴着他那顶旧毡帽，发黄的小胡子下，嘴巴在咕哝咕哝，语不成句。我有点儿嫌他烦，不过，此时我无事可做，又没有睡意，所以没话找话，就问起他的狗来。他告诉我，自从老婆死后，他就养了那条狗。他结婚相当晚。年轻时，他一直想要弄戏剧，所以在军队里的时候，他是歌舞团的演员。但最后，他却进了铁路部门。对此，他不后悔，因为现在他享有一小笔退休金。他和老婆在一起并不幸福，但总的来说，他俩过习惯了。老婆一死，他倒特感孤独。于是，他便向同事要了一条狗，那时，它还很小，他得用奶瓶给它喂食，因为狗比人的寿命短，所以他们就一同变老了。"它的脾气很坏，"沙拉玛诺老头儿说，"我经常跟它吵架。不过，它终归还是一条好狗。"我说它是条良种狗，沙拉玛诺听了显得很高兴，"您还没有在它生病之前见过它呢，它那身毛可真漂亮。"自从这狗得了皮肤病之后，他每天早晚两次给它涂抹药膏。但是在他看来，它真正的病是衰老，而衰老是治不好的。

这时，我打了个哈欠，沙拉玛诺老头儿说他该走了。我对他说他还可以再待会儿，我对他狗的事感到难过。对此，他谢了谢我。他还说我妈妈很喜欢他的那条狗。说到妈妈，他称之为"您那可怜的母亲"，想必认为我在丧母之后一定很痛苦，说到这里，我没有吱声。这时，他急促而不自然地对我说，他知道附近这一带的人对我颇有非议，只因我把我妈妈送进了养老院，但他了解我的为人，知道我对妈妈的感情很深。我回答说，我对这种非议迄今一无所知。既然我雇不起人去伺候我妈妈，我觉得送她进养老院是很自然的事（当时我为什么这么回答，现在我也说不清）。我还补充说："很久以来，她一直跟我无话可说，她一人在家闷得很，到了养老院，至少可以找到伴。"这话不假，沙拉玛诺也这么说。然后，他起身告辞，想去睡。现在，他的生活发生了变化，他简直不知如何是好。他小里小气地向我伸出手来，这是我认识他以来他第一次这么做，我感到他手上有一块块硬痂。他微笑了一下，在走出房门之前，说："我希望今天夜里外面那些狗不要叫，否则我会以为是我的狗在叫。"

六

星期天，我沉睡得醒不过来，玛丽不得不叫我、摇晃我，才使我起了床。我俩没有吃早餐，急于早早去游泳。我感到腹中空空，头也有点晕。抽起烟来也觉得有一股苦味。玛丽取笑我，说我"愁眉苦脸"。她穿着一件白色麻布连衣裙，散披着头发。我对她说，她很漂亮，她听了高兴地笑了。

在下楼的时候，我们敲了敲雷蒙的房门。他说他正要下去。到了街上，由于我感到疲倦，也由于在屋里时没有打开百叶窗，到了街上，光天化日之下强烈的阳光，照在我脸上，就像打了我一个耳光。玛丽兴高采烈，欢蹦乱跳，不停地说天气真好。我感觉好了一些，我发现我其实是肚子饿了。我把这话告诉玛丽，她打开她的漆布提包给我看，里面放了我俩的游泳衣和一条浴巾。我们只要等雷蒙了，我们听见他锁门下楼。他穿着蓝色的裤子，白色的短袖衬衫，但他戴的一顶扁扁的狭边草帽，引得玛丽笑了起来。他露在短袖外的胳臂很白，上面覆盖着浓黑的汗毛，我看了有点儿不舒服。他一边下楼一边吹口哨，看样子很高兴。他对我说："你好，老兄。"而对玛丽，他则称"小姐"。

前一天，我与雷蒙去了警察局，我证明那个女人的确"冒犯了"雷蒙。他只受到了一个警告就没事了。警局并没有对我的证词调查核实。在门口，我们与雷蒙谈了谈前一天的事，然后，我们决定去乘公共汽车。海滩并不很远，如果乘车去会到得更快。雷蒙认为，他那位朋友见我们早早就到了必定很高兴。我们正要动身，雷蒙突然做了个手势，要我看看对面的街上。我看见有一伙阿拉伯人正在烟铺橱窗前站着。他们冷冷地盯着我们，不过他们看人的方式总是这个样子，就像被看的是石头，是枯树。雷蒙告诉我，左起第二人就是他说起过的那个家伙。这时，他好像忧心忡忡。但他接着又说，过去的那件事，现在已经了结了。玛丽不大明白我们在谈什么，就问我们是怎么回事。我告诉她这伙阿拉伯人恨雷蒙。她要我们马上就离开。雷蒙挺了挺身子，笑着说是该赶紧离开了。

我们朝汽车站走去，车站离我们有相当远一段距离。雷蒙告诉我，阿拉伯人并没有跟着我们，我回头看了看，果然他们还待在原地未动，仍然冷冷地瞧着我们刚刚离开的那个地方。我们乘上了汽车，雷蒙顿时放松下来，不断跟玛丽开玩笑。我感觉得出来，他喜欢玛丽，但玛丽几乎不答理他。时不时，她笑笑瞧着他。

我们在阿尔及尔郊区下了车。海滩离汽车站不远，但必须经过一片俯临大海、面积甚小的高地，由此沿坡而下，直达海滩。高地上满是发黄的石头与雪白的阿福花，衬托着蓝得耀眼的天空。玛丽抢着漆布提包，在空中画圈，自得其乐。我们穿过一幢幢小型的别墅，这些别墅的栅栏或者是绿色，或者是白色，有些幢连同自己的阳台，隐没在桎柳丛中，有些幢则光秃秃地兀立在一片片石头之间。快到高地边上时，就已经能望到平静的大海了，还有更远处的一个岬角，它正似睡非睡地横躺在清亮的海水里。一阵轻微的马达声从寂静的空中传到我们的耳际，远远地，我们看见耀眼的海面上有一艘小小的拖网渔船缓慢驶来，慢得像是一动也没有动。玛丽采了几朵鸢尾花。我们顺坡而下，到了海边，看见已经有几个人在游泳了。

雷蒙的那位朋友住在海滩尽头的一座小木屋里。木屋背靠悬崖，前面支撑着屋子的桩柱则浸于海水之中。雷蒙将我们双方做了介绍。他那位朋友名叫马松，是个高高大大的汉子，腰粗膀壮，他的女人身材矮小，胖鼓鼓的，和善可亲，讲话巴黎口音。马松立刻要我们不必客气，说他这天早晨捕了一些鱼，已经油炸好了。我对他说，他的房屋真是漂亮得很。他告诉我，星期六、星期天，还有所有的假日，他都上这里来过，又说："跟我的妻子，你们会合得来的。"确实不错，他妻子跟玛丽已经在说说笑笑了。这时，我萌生出要结婚的念头，这也许是我生平的第一次。

马松想去游泳，但他妻子与雷蒙不想去。我们三人走下海滩，玛丽立即就跳进水里。马松与我，稍微耽搁了一会儿。他说起话来慢吞吞的，而且，不论说什么，都要在前面加一句"我甚至还要说"，其实，他并没有补充什么新意。谈到玛丽，他对我说："她真了不起，我甚至还要说，真是可爱。"接下来，我就不去注意他那句口头语了，一心在享受阳光晒在身上的舒适感。沙子开始烫脚了。我真想下水去，却又继续将就了他一会儿，最后对他说"咱们下水吧"，就一头扎进了水里。他也慢慢地走进海水，直到站不住了，才钻了进去。他游的是蛙式，游得相当糟。我只好扔下他去追玛丽。海水清凉，游起来很舒服。我与玛丽双双游远了，我俩动作协调，心气合拍，共享着同一份酣畅。

到了宽阔的海面，我们仰浮在水上，我的脸朝着天空，微波如轻纱拂面，使嘴里流进了海水，而袭袭面纱又——被阳光撩开。我们看见马松游回海滩，躺下晒太阳。远远望去，他俨然一庞然大物。玛丽想和我搂在一起游，我就从她身后抱着她的腰，她在前面用胳臂使劲划水，我在后面用脚打水，鼎力相助，轻轻的水声不绝于耳，直到我觉得累了。于是，我放开玛丽，往回游去，姿势恢复了正常，呼吸也就自如了。在海滩上，我俯卧在马松旁边，把脸捂在沙里。我对他说："真舒服。"他表示同意。不一会儿，玛丽也上岸了。我翻过身来，瞧着她走近。她浑身海水淋淋，长发甩在后面。她紧挨着我躺下，她的体温与阳光的热气，使得我昏昏入睡了。

玛丽推醒我，告诉我马松已经回去，该是吃午饭的时候了。我立即站起来，因为我饿了，但玛丽提醒我，今天我还没有吻过她呢。这是实情，不过，我一直是想吻她的。"来，到水里去。"她对我说。我们朝海水跑去，迎着细浪就游了起来。我们蛙泳了几下子，她紧贴着我，我感到她的大腿蹭着我的大腿，这时我想占有她。

当我们回木屋的时候，马松已经在喊我们了。我说我很饿。他立刻向他妻子表示，他喜欢我这么不讲客气。面包香脆可口，我狼吞虎咽，把自己的那份鱼也吃个精光。接着上桌的还有肉与炸土豆。我们一声不吭地吃着。马松不断地喝酒，还老倒给我喝。用咖啡的时候，我的头有点昏昏沉沉了，因此，我抽了好多烟。马松、雷蒙和我，合计八月份再来海边一起度假，费用由大家分担。玛丽忽然对我们说："你们知道现在几点钟吗？才十一点半呢。"我们都有些诧异，但马松说，我们的午饭吃得太早了，不过，这也很自然，肚子饿的时候，也就是该吃饭的时候。

我不知道为什么，玛丽听了这话竟笑了起来。现在想来，当时她是喝多了一点儿。马松这时问我是否愿意跟他一道去海边散散步。"我妻子每天午饭后都要睡午觉，而我，我不喜欢午觉，我得活动活动。我总跟她说，这对健康有好处。不过，要睡，是她的权利。"玛丽说她要留下来帮马松太太刷盘子。那个矮个子巴黎女人说，要刷盘子，就得把男人都赶出去。于是，我们三个爷们儿就走了。

太阳几乎是直射在沙滩上，它照在海面上的强烈反光叫人睁不开眼睛。海滩上一个人也没有。散落在高地边缘、俯临着大海的那些木屋里，传出一阵阵刀叉盘碟的声音。石头的热气从地面冒起，叫人喘不过气来。开始，雷蒙与马松谈了一些我不认识的人与事。由此我才知道他们两人相识已经很久，而且，有一段时期还住在一起。我们朝水面走去，然后沿海边漫步。有时，层层海浪卷来，把我们的帆布鞋也打湿了。我什么也不想，因为我没有戴帽子，太阳晒得我昏昏欲睡。

这时，雷蒙跟马松说了点儿什么，我没有听清楚，但就在此时，我看见海滩尽头，离我们远远的，有两个穿锅炉工蓝制服的阿拉伯人，正朝我们这边走来，我看了雷蒙一眼，他对我说："就是他。"我们继续往前走。马松问道，他们怎么会跟踪到这里来的。我猜想他们大概是看见我们上了公共汽车，手里还拿着去海滩游泳用的提包，但我什么也没有说。

阿拉伯人慢慢向前走来，他们已经大大逼近我们了。我们仍不动声色，但雷蒙发话了："如果打起来，你，马松，你对付第二个家伙，我收拾我那个对头。如果再来一个家伙，默尔索，那由你包了。"我应了一声："行。"马松则把双手插进衣袋里。这时我觉得滚烫的沙子就像是烧红了。我们步伐一致地朝阿拉伯人走去。双方的距离愈来愈近。当我们离对方只有几步的时候，阿拉伯人停下来，不再往前走。马松与我也放慢了脚步。雷蒙则直奔他的那个对头。我没有听清他朝那人说了句什么，但见那人摆出一副不买账的样子。于是，雷蒙先发制人，出手一拳，同时还招呼马松动手。马松也向派给他的那个对象扑上去，重重地给了那人两拳。那人被打进水里，头朝下栽，好几秒钟没有动静，只见脑袋周围有一些气泡冒出水面，又很快消失。这时，雷蒙也把他那个对象打得满脸是血。他转身对我说了一句："你盯住他的手会掏什么家伙。"我朝他喊道:"小心,他有刀!"说时迟,那时快,雷蒙的胳臂已给划开了口,嘴巴上也挨了一刀。

马松向前一跳。被他打的那个阿拉伯人已经站立起来,退到手里拿刀的家伙身后。我们不敢动了。对方慢慢后撤,仍然紧盯着我们,靠那把刀造成威慑。当他们看到自己已经退得相当远了,扭头飞快就逃,而我们则仍在太阳下原地未动,雷蒙用手按着他流血不止的胳臂。

见此,马松说,正好有一个来这儿过星期天的大夫,就住在高坡上。雷蒙想立即就去找那大夫。但他一张口说话,嘴上的伤口就冒出血泡。我们搀扶着他,很快地回到了木屋。雷蒙说,他只伤着了皮肉,能够走去找医生。在马松的陪同下,他走了。我留下来把打架的经过讲给两位妇女听。马松太太听后吓哭了,玛丽也脸色煞白。给她们讲这桩事真叫我烦,讲着讲着,我就不吭声了,望着大海,抽起烟来。

将近一点半钟,雷蒙与马松回来了。他胳臂上缠着绷带,嘴角贴着橡皮膏。大夫说小伤算不了什么,但雷蒙的脸色很阴沉。马松试着逗他笑,他仍然一声不吭。后来,他说要到海滩上去,我就问他要去海滩什么地方。他说只想去透透空气。马松与我都说要陪他去,他听了就发起火来，把我们骂了一通。马松说还是别惹他生气吧。即便如此，我仍陪着他出去了。

我和他在海滩上走了很久。阳光炙热难耐，照射在沙砾与海面上，金光闪烁。我隐约感到雷蒙知道要奔哪儿去，但这肯定是我的错觉。在海滩远远的尽头，看见有一眼泉水在一块大岩石后面的沙地上流淌。正是在那儿，我们又碰见交过手的那两个阿拉伯人。他们穿着油污的蓝色工装躺在地上。他们的样子看来很平静，甚至很高兴。我们的出现并未惊动他们，那个伤了雷蒙的家伙只是一声不吭地盯着他，另一个家伙则一边用眼角瞟着我们，一边不停地吹一小截芦苇管，那玩意只能发出三个单音，重复来重复去的。

此时此刻此地，只有阳光与寂静，伴随着泉水的淙淙声与芦苇管的三个单音。雷蒙的手伸进口袋去摸枪，但他那个对头并没有动，他俩一直对视着。我则注意到吹芦苇管的那小子的脚趾大大地叉开着。雷蒙紧盯着对手的眼睛，问我："我要不要把他崩了？"我想如果我说不，他反而会心里恼火，非开枪不可。我只是说："他还没有向你表示什么，这时向他开枪不妥。"在周围一片静寂与酷热之中，还听得见泉水声与芦苇声。雷蒙说："那么，我先骂他，他一还口，我就把他崩了。"我说："就这么办吧，但只要他不掏出刀子，你就不能开枪。"雷蒙开始有点儿发火了。一个阿拉伯人仍在吹芦苇管，他们两人都紧盯着雷蒙的一举一动。我对雷蒙说："不行，还是一个对一个，空手对空手，你先把手枪给我，如果他们两个打你一下，或者那个家伙把刀掏出来，我就替你把他崩掉。"

雷蒙把他的枪递给了我。阳光在枪上一闪。不过，双方都原地不动地站着，似乎周围的一切已把人严封密扎了起来。每一方都眼皮不眨，紧盯对手。在这里，大海、沙岸、阳光之间的一切仿佛都凝固不动，泉水声与芦苇声似乎也听不见了。这时，我思忖着，我既可以开枪，也可以不开枪。但是，突然间，两个阿拉伯人往后倒退，很快就溜到大岩石后面去了。于是，雷蒙和我也掉头往回撤。他显得高兴了些，还谈起回城去的公共汽车。

我一直陪伴着他回到木屋，他登上木台阶的时候，我却在最低一级的前面站住了。我脑袋已被太阳晒得嗡嗡作响，一想到还要费劲地爬上台阶，然后又要去跟两位妇女周旋，心里就泄气了。但是天气酷热，刺眼的阳光像大雨一样从空中洒落而下，即使站在那里一动不动，我也感到很难受。待在原地或者到别处走走，反正都是一样。稍过了一会儿，我转身向海滩走去。

海滩上也是火热的阳光。大海在急速而憋闷地喘息着，层层细浪拍击着沙岸。我漫步走向那片岩石，感到脑袋在太阳照射下膨胀起来了。周围的酷热都聚焦在我的身上，叫我举步维艰。每一阵热风扑面而来，我就要咬紧牙关，攥紧裤口袋里的拳头，全身绷紧，为的是能战胜太阳与它倾泻给我的那种昏昏然的迷幻感。从沙砾上、从白色贝壳上、从玻璃碎片上，投射出来的反光像一道道利剑，刺得我睁不开眼，不得不牙关紧缩。就这样我走了好久。

我从远处看见那一小堆黑色的岩石，阳光与海上的尘雾在它周围笼罩着一层耀眼的光晕。我一心想着岩石后那清冽的泉水。我挺想再听听泉水的潺潺声，挺想逃避太阳的炙烤与步行的劳顿，离木屋里妇女的哭泣远远的，得到一片阴凉的地方，好好休息休息。但当我走近时，却发现雷蒙的那个对头又已经回到那里了。

他只一个人，仰面躺着，双手枕在脑后，面孔隐在岩石的阴影中，身子露在太阳下。他蓝色的工装被晒得直冒热气。我颇感意外。对于我来说，刚才打架的事已经了结，我后来就没有把它再放在心上。

他一看见我，稍稍欠起身来，把手伸进口袋。我呢，自然而然就紧握着衣兜里雷蒙的那把手枪。这时，那人又恢复原状躺下去，但仍把手放在口袋里。我离他还相当远，约有十来米。我隐约看见他的目光不时在细眯的眼皮底下一闪一闪，但更多的时候，我感到他的面孔在眼前一片燃烧的热气中跳动。海浪的声音更加有气无力，比中午的时候更为沉稳。太阳依旧，光焰依旧，一直延伸到跟前的沙滩依旧。已经有两个钟头了，白昼纹丝未动，已经有两个钟头了，白昼在沸腾着的金属海洋中抛下了锚。在天边，有一艘小轮船驶过，在我视野的边缘，我觉得它像是一个黑点，因为我一直正眼紧盯着那个阿拉伯人。

我想，我只要转身一走，就会万事大吉了。但整个海滩因阳光的暴晒而颤动，在我身后进行挤压。我朝水泉边了几步，那个阿拉伯人没有反应。不管怎么说，我离他还相当远。也许是因为他脸上罩有阴影，看起来他是在笑。我等他做进一步反应。太阳晒得我脸颊发烫，我觉得眉头上已聚满了汗珠。这太阳和我安葬妈妈那天的太阳一样，我的头也像那天一样难受，皮肤底下的血管都在一齐跳动。这种灼热实在叫我受不了，我又往前走了一步。我意识到这样做很蠢，挪这么一步无助于避开太阳，但我偏偏又向前迈出一步。这一下，那阿拉伯人并未起身，却抽出了刀子，在阳光下对准了我。刀刃闪闪发光，我觉得就像有一把耀眼的长剑直逼脑门。这时聚集在眉头的汗珠，一股脑儿流到眼皮上，给眼睛蒙上了一层温热、稠厚的水幕。在汗水的遮挡下，我的视线一片模糊。我只觉得太阳像铙钹一样压在我头上，那把刀闪亮的锋芒总是隐隐约约威逼着我。灼热的刀尖刺穿我的睫毛，戳得我的两眼发痛。此时此刻，天旋地转。大海吐出了一大口气，沉重而炽热。我觉得天门大开，天火倾泻而下。我全身紧绷，手里紧握着那把枪。扳机扣动了，我手触光滑的枪托，那一瞬间，猛然一声震耳欲聋的巨响，一切从这时开始了。我把汗水与阳光全都抖掉了。我意识到我打破了这一天的平衡，打破了海滩上不寻常的寂静，在这种平衡与寂静中，我原本是幸福自在的。接着，我又对准那具尸体开了四枪，子弹打进去，没有显露出什么，这就像我在苦难之门上急促地叩了四下。

Partie 02

第二部

L'Étranger　Albert Camus

一

　　我被捕之后，立即就被审讯了好几次。但都是关于身份问题之类的讯问，时间都不长。头一次是在警察局，我的案子似乎没有引起任何人的兴趣。过了八天，预审法官来了，他倒是好奇地打量了我一番。但作为开场白，他只询问了我的姓名、住址、职业、出生年月与出生地点。然后，他问我是否找了律师。我说没有，我问他是否一定要找一个才行。"您为什么这么问？"他说。我回答说，我觉得我的案子很简单。他微笑着说："您这是一种看法，但是，法律是另一回事。如果您自己不找律师，我们就指派一位给您。"我觉得司法部门还管这类细枝末节的事，真叫人感到再方便不过。我把自己的这个看法告诉了这位法官，他表示赞同，并认为法律的确制定得很完善。

开始，我并没有认真对待他。他是在一间挂着窗帘的房间里接待我的，他的桌子上只有一盏灯，照亮了他让我坐下的那把椅子，而他自己却坐在阴影中。我过去在一些书里读到过类似的描写，在我看来，这些司法程序都是一场游戏。在我们进行谈话后，我端详了他一番，我看清楚他是一个面目清秀的人，蓝色的眼睛深陷在鼻梁旁，身材高大，蓄着长长的灰色唇髭，头发浓密，几乎全都白了。我觉得他很通情达理，和蔼可亲，虽然脸上不时有神经性的抽搐扯动他的嘴巴。走出房间的时候，我甚至想去跟他握手，但我马上想起了我是杀过人的罪犯。

第二天，有位律师来狱中探视我。他矮矮胖胖，相当年轻，头发梳得整整齐齐。天气很热，我没有穿外衣，他却穿着深色的套装，衬衣的领子硬硬的，系着一根怪怪的领带，上面有黑白两色的粗条纹。他把夹在胳臂下的公文包放在我的床上，做了自我介绍，说他已经研究了我的案卷。我的案子很棘手，但如果我信任他的话，他有胜诉的把握。我向他表示感谢，他说："现在咱们言归正传吧。"

他在我的床上坐下，对我说，他们已经调查了我的个人生活，知道我妈妈前不久死在养老院。他们专程到马朗戈做过调查，预审法官们了解到我在妈妈下葬的那天"表现得无动于衷"。这位律师对我说："请您理解，我实在不便启齿询问此事，但事关重要。如果我做不出什么解释的话，这将成为起诉您的一条重要依据。"他要我帮他了解当天的情况。他问我，当时我心里是否难过。他这个问题使我感到很惊讶，我觉得假若是我在问对方这个问题的话，我会感到很尴尬的。但是，我却回答说，我已经不习惯对过去进行回想了，因此很难向他提供情况。毫无疑问，我很爱妈妈，但这并不说明什么。所有身心健康的人，都或多或少设想期待过自己所爱的人的死亡。我说到这里，律师打断我的话，并显得很焦躁不安。他要我保证不在法庭上说这句话，也不在预审法官那里说。我却向他解释说，我有一个天性，就是我生理上的需要常常干扰我的感情。安葬妈妈的那天，我又疲劳又发困，因此，我没有体会到当时所发生的事情的意义。我可以绝对肯定地说，我是不愿意妈妈死去的。但我的律师听了此话并不显得高兴。他对我说："仅这么说是不够的。"

他考虑了一下。他问我他是否可以说那天我是控制住了自己悲痛的心情。我对他说："不，因为这是假话。"他以一种古怪的方式看了我一眼，好像是我有点儿使他感到厌恶了。他几乎是不怀好意地对我说，无论如何，养老院的院长与有关人员，将作为证人陈述当时情况，那将会使我"极为难堪"。我提醒他注意，安葬那天的事与我的犯案毫无关系。但他只回答说，显而易见的是我从未与司法打过交道。

他很生气地走了。我真想叫他别走，向他解释我希望得到他的同情，而并非他的强硬辩护，如果我可以说的话，也就是自然而然、通情达理的辩护。特别是，我看出了我已经使他感到很不自在。他没有理解我，他对我有点反感。我挺想向他说明，我和大家一样，绝对和大家一样。但是，说这些话，实际上没有多大用处，而且，我也懒得去费口舌。

过了不久，我又被带到预审法官面前。当时是下午两点钟，这一次，他的办公室亮亮堂堂的，只有一层纱帘挂在窗口。天气很热。他要我坐下，很彬彬有礼地告诉我，我的律师因为"临时不凑巧"而不能来，但我有权对他提出的问题保持沉默，等我的律师将来在场时再回答。我对他说，我可以单独回答。他用手指按了按桌子的一个电钮，一个年轻的书记员进来了，几乎就在我的背后坐下。

我与预审法官都端坐在自己的椅子上。讯问开始了。他首先说人家把我描绘成一个性格孤僻、沉默寡言的人，他想知道我对此有何看法。我回答说："这是因为我从来没有什么值得一说的，于是我就不说。"他像上次那样笑了笑，承认这是最好的理由，马上，他又补充了一句："不过，这事无关紧要。"他沉默了一下，看了看我，然后，有点突如其来地，把身子一挺，快速地说了一句："我感兴趣的，是您本人。"我不太明白他这句话是什么意思，也就没有回答。他又接着说："在您的行为中，有些事情叫我搞不明白。我相信您会帮助我来理解。"我说其实所有的事情都很简单。他要我把那天枪杀的事情再复述复述。我就把上次曾经给他讲过的过程又讲了一遍：雷蒙，海滩，游泳，打架，又是海滩，小水泉，太阳以及开了五枪。我每讲一句，他都说："好，好。"当我说到躺在地上的尸体时，他表示确认说："很好。"而我呢，这么一个老故事又重复来重复去，真叫我烦透了，我觉得我从来没有说过这么多的话。

　　他沉默了一会儿，站起来对我说，他愿意帮助我，说他对我感兴趣，如果上帝开恩的话，他一定能为我做点什么。不过，在这样做之前，他还想向我提几个问题。没有绕弯子，他直截了当问我爱不爱妈妈。我说："爱，跟常人一样。"书记员一直很有节奏地在打字，这时大概是按错键盘，因而有点慌乱，不得不退回去重来。预审法官的提问看起来并无逻辑联系，他又问我，我那五枪是否是连续射出的，我想了想，断定先是开了一枪，几秒后，又开了四枪。对此，他问道："您为什么在第一枪之后，停了一停才开第二枪？"这时，那一天火红的海滩又一次显现在我眼前，我似乎又感到自己的额头正被太阳炙烤着。但这一次我什么也没有回答。接下来是一阵沉寂，预审法官显得烦躁不安，他坐下去，搔了搔头发，把胳臂支在桌子上，微微向我俯身过来，神情古怪地问："为什么，为什么您还向一个死人身上开枪呢？"对这个问题，我不知如何回答。预审法官双手放在额头上，又重复了他的问题，声音有点儿异样了："为什么，您得告诉我，究竟是为什么？"我一直沉默不语。

突然，他站起来，大步走到办公室的尽头，拉开档案柜的一个抽屉，取出一个银十字架，一边朝我走，一边晃动着十字架。他的声音完全变了，几乎是在颤抖了，他大声嚷道："您认得这个吗？我手里的这个。""认得，当然认得。"于是，他急促而充满了激情地说他是相信上帝的，他的信念是，任何人的罪孽再深重，也不至于得不到上帝的宽恕。但是，为了得到上帝的宽恕，他就得悔过，变得像孩子那样心灵纯净，无保留地接受神意。他整个身子都俯在桌上，几乎就在我的头上晃动着十字架。说老实话，他的这番论证，我真难以跟上，首先是因为我感到很热，又因为他这间房子里有几只大苍蝇正落在我脸上，还因为他使我感到有点可怕。与此同时，我觉得他的论证也是可笑的，因为不论怎么说，罪犯毕竟是我。但他仍在滔滔不绝。终于我差不多听明白了，那就是，在他看来，我的供词中只有一点不清楚：为什么我等了一下才开第二枪。其实一切都很明白，只有这一点，他一直没有……没有搞懂。

　　我正要对他说，他讲的这点并不那么重要，他如此钻牛角尖实在没有道理。但他打断了我，挺直了身子，又一次对我进行说教，问我是否信仰上帝。我回答说不相信，他愤怒地坐下。他反驳我说这是不可能的，所有的人都信仰上帝，甚至那些背叛了上帝的人也信仰。这就是他的信念，如果他对此也持怀疑态度的话，那么他的生活也就失去意义了。他嚷道："您难道要使我的生活失去意义吗？"在我看来，这是他自己的事，与我无关。我把这话对他说了。但他已经越过桌子把刻着基督受难像的十字架杵到我眼皮底下，疯狂地叫喊道："我，我是基督徒，我祈求基督宽恕你的过错，你怎么能不相信他是为你而上十字架的？"我清楚地注意到他已经称呼我为"你"，而不是"您"了，但我对他的一套已经腻烦了。房间里愈来愈热。像往常那样，当我听某个人说话听烦了，想要摆脱他时，就装出欣然同意的样子。出乎我的意料，他竟以为自己大获全胜，得意扬扬起来："你瞧，你瞧，你现在不是也信上帝了？你是不是要把真话告诉他啦？"我又一次说了声"不"。他颓然往椅子上一倒。

他显得很疲倦，待了好一会儿没有吭声。打字机一直紧追我们的对话，这时还在打那最后的几句。他全神贯注地盯着我，带点儿伤心的神情，低声说："我从没有见过像您这样冥顽不化的灵魂，所有来到我面前的犯人，见了这个十字架，都会痛哭流涕。"我正想回答说，这正是因为他们都是罪犯，但我立刻想到我也跟他们一样。罪犯这个念头，我一直还习惯不了。法官站起身来，好像是告诉我审讯已经结束。他的样子显得有点儿厌倦，只是问我是否对自己的犯案感到悔恨，我沉思了一下，回答说与其说是真正的悔恨，不如说我感到某种厌烦。当时我觉得他并没有听懂我这句话。不过，谈话没有再继续下去，这天的事情就到此为止了。

在此之后，我经常见到预审法官，只不过，每次都由我的律师陪同。他们限于要我对过去重述过的内容的某些地方再加以确认，或者是预审法官与我的律师讨论对我的控告罪名。但在这些时候，他们实际上根本就不管我了。反正是，渐渐地，这类审讯的调子改变了。预审法官似乎不再对我感兴趣，已经以某些方式把我的案子归类入档了。他不再跟我谈上帝，我再也没有见过他像第一天那么激动过。结果，我们的交谈变得较为亲切诚挚了。提几个问题，稍微与我的律师谈谈，一次次审讯就这么了事。照预审法官的说法，我的案子一直在正常进行。有几次，当他们谈一般性问题的时候，还让我也参加议论。我开始松了一口气。在这些时候，没有人对我不好。一切都进行得很自然，有条不紊，恰如其分，甚至使我产生了"亲如一家"这种滑稽的感觉。预审持续了十一个月，我可以说，使我颇感惊奇的是，有那么不多的几次竟是我生平以来最叫我高兴的事：每次，预审法官都把我送到他的办公室门口，拍拍我的肩膀，亲切地说："今天就进行到这里吧，反基督先生。"然后让法警把我带走。

<h2 style="text-align:center">二</h2>

有一些事情我从来是不喜欢谈的。自从我进了监狱，没过几天我就知道将来我不会喜欢谈及我这一段生活。

过了些时候，我觉得对此段生活有无反感并不重要。实际上，在开始的几天，我并不像是真正在坐牢，倒像是在模模糊糊等待生活中某个新的事件。直到玛丽头一次也是最后一次来探视我之后，监狱生活的一切才正式开始。那时我收到她一封信，她在信里告诉我，当局不允许她再来探视我，因为她不是我的妻子。从这天起，我才感受到我是关在监狱里，我的正常生活已经一去不复返了。我被捕的那天，先被关在一个已经有几个囚犯的牢房里，他们多数是阿拉伯人，看见我进来都笑了，接着就问我犯了什么事。我说我杀了一个阿拉伯人，他们一听就不再吭声了。但过了一会儿，天黑了，他们又向我说明如何铺睡觉用的席子，把一头卷起来，就可以当作一个长枕头。整整一夜，臭虫在我脸上爬来爬去。过了几天，我被隔离在一间单身牢房里，有一张木板床，还有一个木制马桶与一个铁质脸盆。这座监狱建在本城的高地上，通过一扇小窗，可以望见大海。有一天，我正抓住铁栅栏，脸朝着有光亮的地方，一个看守走进来，对我说有一位女士来探视我。我猜是玛丽，果然是她。

要到探视室去，得穿过一条长长的通道，上一段阶梯，再穿过一条通道。我走进一个明亮的大厅，充足的光线从一扇宽大的窗口投射进来。两道大铁栏杆横着把大厅截成了三段，两道铁栏杆之间有八至十米的距离，将探监者与囚犯隔开。我看见玛丽就在我的对面，穿着带条纹的连衣裙，脸晒成了棕褐色。跟我站在一排的，有十来个囚徒，大多是阿拉伯人。玛丽的旁边全是摩尔人，紧靠着的两人：一个是身材矮小的老太太，她身穿黑衣，嘴唇紧闭；另一个是没戴帽子的胖女人，她说起话来指手画脚，嗓门儿很大。因为铁栏杆之间隔着一大段距离，探监者与囚徒都不得不提高嗓音对话。我一走进大厅，就听见一大片嗡鸣声在高大光秃的四壁之间回荡，强烈的阳光从天空倾泻到玻璃窗上，再反射到大厅里，这一切都使我感到头昏眼花。我的单身牢房又寂静又阴暗，来到大厅里，得有好一会儿才能适应。最后，我终于看清了显现在光亮中的每一张脸孔。我注意到有一个看守坐在两道铁栏杆之间隔离带的尽头。大部分阿拉伯囚徒与他们的家人，都面对面地蹲着。这些人都不大叫大嚷。虽然大厅里一片嘈杂声，他们仍然低声对话而能彼此听见。他们沉闷的低语声从底下往上升起，汇入在他们的头上回荡的对话声浪，构成了一个延绵不断的低音部。所有这一切，都是我朝玛丽走去时敏锐注意到的。这时，她已经紧贴在铁栏杆上，努力朝我微笑。我觉得她很美，但我不知道如何向她表达出这个心意。

"怎么样？"她大声问我。

"就这个样子。"

"身体好吗？需要的东西都有吗？"

"好，都有。"

我俩一时无语，玛丽始终在微笑着。那个胖女人一直对着我旁边的一个人高声大叫，那人肯定是她的丈夫，他个子高大，头发金黄色，目光坦诚。他们的对话早已开始，我听到的只是一个片段：

"让娜不愿意要他！"那女人扯开嗓子嚷嚷。

"我知道，我知道！"那男人说。

"我对她说你出来后会再雇他的，她还是不愿意要他。"

玛丽也高声告诉我雷蒙向我问好，我答了声："谢谢。"但我的声音被我旁边那个男人盖过了，他在大声问道："他近来可好？"他的女人笑着回答说："他的身体从来没有现在这么好过。"我左边的是一个小个子的年轻人，他有一双纤细的手，他一直沉默不语。我注意到他的对面是一个小个子老太太，他们两人非常专注地相视着。但这时，我没有工夫再去观察他们了，因为玛丽在高声对我喊，要我抱有希望。我说了声"对"，同时，我定睛望着她，真想隔着裙子搂住她的肩膀，真想抚摩她身上细软的衣料，我没有明确意识到，除此之外我还该抱有什么其他的希望。但这一点肯定也是玛丽刚才所要表达的意思，因为她一直在向我微笑。我只看着她发亮的牙齿与她笑眯眯的眼睛，她又喊道："你会出来的，你一出来，我们就结婚。"我回答说："你相信吗？"我这不过是没话找话而已。她于是急促而高声地说她相信，她相信我将被释放，我们还将一同去游泳。旁边那个女人又吼叫起来，说她有个篮子遗放在法院的书记室里，说篮子里放了哪些哪些东西，她得去清点查对一下，因为那些东西都很贵。另一旁的那个青年和他母亲两人仍相视无语。阿拉伯人仍蹲在地上继续低声交谈。大厅外的阳光似乎愈来愈强，照射在窗户上闪闪发亮。

我一直感到有点儿不舒服，真想离开大厅。噪声使人难受。但另一方面，我又挺想和玛丽多待一阵子。我不知道过了多少时间，玛丽对我讲她的工作，她一直不断地微笑着。低语声、喊叫声、谈话声混成一片。只有我身旁的小个子青年与他母亲之间，仍是无声无息，就像孤立于喧嚣海洋中的一个寂静的小岛。渐渐地，阿拉伯人都被带走了。第一个人一带走，其他的人就都不作声了。那小个子老太太靠近铁栏杆，这时，一个看守向她儿子做了个手势，他说了声："再见，妈妈！"那老太太把手伸进两道栏杆之间，向儿子轻轻摆了摆手，动作缓慢。

老太太一出大厅，立刻就进来了一个手里拿着帽子的男人，补替她留下来的空位，看守则又带进另一个囚犯。这两人开始热烈交谈，但压低了声音，因为大厅已经安静下来了。看守又过来领走我右边的那个男人，他的老婆仍然扯着嗓子对他说话，全然没有注意到此时已经用不着提高嗓门儿了，她叫道："好好照顾你自己，小心！"接下来就该轮到我了，玛丽做出吻我的姿势。我在走出大厅之前又回过头去看她，她站着未动，脸孔紧紧贴在铁栏杆上，仍然带着那个强颜的微笑。

就在这次见面之后不久，她给我写了那封信。从收到这封信起，那些我从来也不喜欢谈及的事情也就开始了。不论怎么说，谈这些事不该有任何夸大，我要做到这一点倒要比做别的事容易。在入狱之初，最叫我痛苦难受的是我还有自由人意识。例如，我想到海滩上去，想朝大海走去，想象最先冲到我脚下的海浪的声响，想象身体跳进海水时的解脱感，这时，却突然意识到自己是禁闭在牢房的四壁之中。但这种不适应感只持续了几个月，然后，我就只有囚犯意识了。我期待着每天在院子里放风或者律师来和我晤谈。其余的时间，我也安排得很好。我常想，如果要我住在一棵枯树的树干里，什么事都不能做，只能抬头望望天空的流云，日复一日，我逐渐也会习惯的，我会等待着鸟儿阵阵飞起，云彩聚散飘忽，就像我在牢房里等着我的律师戴着奇特的领带出现，或者就像我在自由的日子里耐心地等到星期六而去拥抱玛丽的肉体。更何况，认真一想，我并没有落到在枯树干里度日的地步。比我更不幸的人还多着呢，不过，这是妈妈的思维方式，她常这么自宽自解，说到头来人什么都能习惯。

而且，一般来说，我还没有到此程度。头几个月的确很艰难，但我所做出的努力使我渡过了难关。例如，我老想女人，想得很苦。这很自然，我还年轻嘛。我从来都不特别想玛丽，但我想某一个女人、想某一些女人、想我曾经认识的女人、想我爱过她们的种种情况，想得那么厉害，以致我的牢房里都充满了她们的形象，到处都萌动着我的性欲。从某种意义上来说，这使得我精神骚动不安；从另一种意义上说，却又帮我消磨了时间。我终于赢得了看守长的同情，每天开饭的时候，他都与厨房的工友一道进来，正是他首先跟我谈起了女人。他对我说，这是其他囚犯也经常抱怨的头一件大事。我对他说我也如此，并认为这种待遇是不公正的。他却说："但正是为了这个，才把你们投进了监狱。"

"怎么，就为了这个？"

"是的，什么是自由？女人就是自由呀！你们被剥夺了这种自由。"

我从没有想到这一层。我对他表示同意，我说：

"的确如此，要不然惩罚从何谈起？"

"您说得对，您懂这个理，那些囚犯都不懂，不过，他们最终还是自行解决了他们的性欲问题。"看守长说完这话就走了。

还有，没有烟抽也是一个问题。我入狱的那天，看守就剥走了我的腰带、我的鞋带、我的领带，搜空了我的口袋，特别是其中的香烟。进了单人牢房，我要求他们还给我。但他们对我说，监狱里禁止抽烟。头些天，我真难熬，这简直就叫我一蹶不振。我只好从床板上撕下几块木片来吮咂。整个那天，我都想呕吐。我不理解为什么监狱里不许抽烟，抽烟对谁都没有危害呀。过了些日子，我明白了这就是惩罚的一部分。但这时我已经习惯于不抽烟了，因此，这种惩罚对我也就不再成其为一种惩罚啦。

除了这些烦恼，我还不算太不幸。最根本的问题，我再说一遍，仍是如何消磨时间。自从我学会了进行回忆，我终于就不再感到烦闷了。有时，我回想我从前住过的房子，我想象自己从一个角落出发，在房间里走一圈又回到原处，心里历数在每一个角落里见到的物件。开始，很快就数完一遍。但我每来一遍，时间就愈来愈长。因为我回想起了每一件家具，每一件家具上陈设的每一件物品，每一件物品上所有的局部细节，如上面镶嵌着什么呀，有什么裂痕呀，边缘有什么缺损呀，还有涂的是什么颜色、木头的纹理如何呀，等等。同时，我还试着让我的清单不要失去其连贯性，试着不遗漏每一件物品。几个星期之后，单单是数过去房间里的东西，我一数就能消磨好几个钟头。这样，我愈是进行回想，愈是从记忆中挖掘出了更多的已被遗忘或当时就缺乏认识的东西。于是我悟出了，一个人即使只生活过一天，他也可以在监狱里待上一百年而不至于难以度日，他有足够的东西可供回忆，绝不会感到烦闷无聊。从某种意义上来说，这也是一种愉快。

还有睡觉问题。开始，我夜里睡不好，白天根本睡不着。渐渐地，我夜里睡得好了，白天也能睡得着。我可以说，在最后的几个月里，我每天能睡上十六到十八个钟头。这样，我就只剩下六个钟头要打发了，除了吃、喝、拉、撒，我就用回忆与捷克斯洛伐克人的故事来消磨时间。

有一天，我在床板与草褥子之间，发现了一张旧报纸，它几乎与褥垫粘在一起，颜色发黄，薄得透明。那上面报道了一桩社会新闻，缺了开头，但看得出来事情是发生在捷克斯洛伐克。有个人早年离开自己的村子，外出谋生。过了二十五年，他发了财，带着妻儿回家乡。他母亲与他妹妹在村里开了家旅店。为了要让她们得到意外的惊喜，他把自己的妻子与儿子留在另一个地方，自己则住进他母亲的旅馆。进去时，母亲没有认出他。他想开个大玩笑，就特意租了一个房间，并亮出自己的钱财。夜里，他的母亲与妹妹为了谋财，用大锤砸死了他，把尸体扔进了河里。第二天早晨，他的妻子来了，懵然不知真情，通报了这位店客的姓名。母亲上吊自尽，妹妹投井而死。这则报道，我天天反复阅读，足足读了几千遍。一方面，这桩事不像是真的；另一方面，却又自然而然。不论怎样，我觉得这个店客有点咎由自取，人生在世，永远也不该演戏作假。

就这样，我睡大觉、进行回忆、读那则新闻报道，昼夜轮回，日复一日，时间也就过去了。我过去在书里读到过，说人在监狱里久而久之，最后就会失去时间观念。但是，这对我来说，并没有多大意义。我一直不理解，在何种程度上，既可说日子漫漫难挨，又可说苦短无多。日子，过起来当然就长，但是拖拖拉拉，日复一日，年复一年，最后就混淆成了一片。每个日子都丧失了自己的名字。对我来说，只有"昨天"与"明天"这样的字，才具有一定的意义。

有一天，看守对我说我入狱已经有五个月了，我相信他说得很准确，但对此我颇不理解。在我看来，这五个月在牢房里，我总是过着一模一样的一天，总是做一模一样的事情。那天，看守走了后，我对着我的铁饭盒照了照自己，我觉得，我的样子显得很严肃，即使是在我试图微笑的时候也是如此。我晃了晃那饭盒，又微笑了一下，但照出来的仍是那副严肃而忧愁的神情。天黑了，这是我不愿意谈到的时间，是无以名状的时间，这时，夜晚的嘈杂声从监狱各层升起，而后又复归于一片寂静。我走近天窗，借着最后的亮光，又照了照自己的脸。神情老是那么严肃。这有什么奇怪呢？既然那个时刻我一直就很严肃。但这时，我几个月来第一次清晰地听见我自己说话的声音。我辨识出这就是好久以来一直在我耳边回响的声音，我这才明白，在这一段日子里，我一直在自言自语。于是，我回想起妈妈葬礼那天女护士说过的话。不，出路是没有的，没有人能想象出监狱里的夜晚是怎样的。

三

我可以说，一个夏天接着一个夏天，其实过得也很快。我知道，天气开始愈来愈热时，我就会碰到若干新的情况。我的案子定在重罪法庭最后一轮中审理，这一轮将于六月底结束。开庭进行公开辩论时，外面的太阳正如火如荼。我的律师向我保证，审讯不会超过两三天。他补充说："再说，到那时，法庭会忙得不可开交，因为您的案子并不是那一轮中最要紧的一桩。在您之后，紧接着就要审一桩弑父案。"

早晨七点半钟，执法人员来提我，囚车把我送到法院。两名法警把我带进一间阴凉的小房间，我们坐在一扇门旁候着，隔着门，可以听到一片谈话声、叫唤声、挪动椅子声，吵吵嚷嚷的，使我觉得像本区那些节日群众聚会，音乐演奏完之后，人们就一哄而上，清理场地，准备跳舞。法警告诉我得等一会儿才开庭，其中的一人递给我一支烟，我谢绝了。不一会儿，他问我是不是"心里害怕"。我回答说不。我甚至说，在某种意义上，我倒挺有兴趣见识见识如何打官司，我这一辈子还从来没有见过打官司呢。另一个法警接过我的话茬说："这倒也是。不过，见多了就累得慌。"

过了一会儿，房间里一个小电铃响了。他们给我摘下手铐，打开大门，带我走到被告席上。整个大厅，人群爆满。尽管窗口挂着遮帘，阳光仍从一些缝隙透射进来，大厅里的空气已经很闷热了。窗户仍然都关着。我坐下来，两名法警一左一右看守着我。这时，我才看清我面前有一排面孔，他们都盯着我，我明白了，这些人都是陪审员，但我说不清这些面孔彼此之间有何区别。我只是觉得自己似乎是在电车上，对面座位上有一排不认识的乘客，他们审视着新上车的人，想在他们身上发现有什么可笑之处。我马上意识到我这种联想很荒唐，因为我面前这些人不是在找可笑之处，而是在找罪行。不过，两者的区别也并不大，反正我就是这么想的。

在这个门窗紧闭的大厅里拥挤着这么多人，这真有点使我头昏脑涨。我朝法庭上望了望，没有看清楚任何一张面孔。我现在认为，这首先是因为我没有料想到，整个大厅的人挤来挤去，全是为了来瞧瞧我这个人的。平时，世人都没有注意到我。来到法庭上，我总算明白了，我就是眼前这一片骚动的起因。我对法警表示惊讶说："这么多人！"他回答我说这是报纸炒作的结果。他给我指出坐在陪审员席位下一张桌子旁边的一伙人，说："他们就在那儿。"我问："谁？"他说："报社的人呀！"他认识其中的一个记者，那人也瞧见了他，并向我们走来。此人年纪不轻，样子和善，长着一副滑稽的面孔。他很热情地跟法警握了握手。这时，我注意到大家都在见面问好，打招呼，进行交谈，就像在俱乐部有幸碰见同一个圈子里的熟人那样兴高采烈。我也就明白了自己为什么产生了一种奇特的感受，觉得我这个人纯系多余，有点像个冒失闯入的家伙。但是，那个记者却笑眯眯跟我说话了，他希望我一切顺利。我向他道了声谢谢，他又说："您知道，我们把您的案子渲染得有点儿过头了。夏天，这是报纸的淡季。只有您的案子与那桩弑父案还有点儿可说的。"

　　接着，他指给我看，在他刚离开的那一堆人中，有一个矮个子，那人像一只肥胖的银鼠，戴着一副黑边的大眼镜。他告诉我，此人是巴黎一家报社的特派记者，他说："不过，他不是专为您而来的，因为他来报道那桩弑父案，报社也就要他把您的案子也一起捎带上。"

　　说到这里，我又差点儿要向他道谢了。但一想，这不免会显得很可笑。他亲切地向我摆了摆手，就离去了。接着，我们又等候了几分钟。

我的律师到场了，他穿着法院的袍子，由好几个同事簇拥着。他向那些记者走去，跟他们握手，互相打趣说笑，都显得如鱼得水，轻松自在，直到法庭上响起铃声为止。于是，大家各就各位。我的律师走到我跟前，握了握我的手，嘱咐我回答问题要简短，不要主动发言，剩下的事则由他来代劳。

在左边，我听见椅子往后挪动的声音，我看见一个细高身材的男人，身披红色的法袍，戴着夹鼻眼镜，仔细地理了理法袍坐了下来。此人就是检察官。执达员宣布开庭。与此同时，两个大电扇开动起来，发出嗡嗡的声响。三个审判员，两个穿黑衣，一个穿红衣，夹着卷宗进了大厅，快步向俯视着全场的审判台走去。穿红衣的庭长坐在居中的高椅上，把他那顶直筒无边的高帽放在面前，用手帕拭了拭自己小小的秃头，宣布审讯开始。

记者们已经手中握笔，他们的表情都冷漠超然，还带点嘲讽的样子。但是，他们之中有一个特别年轻的，穿一身灰色法兰绒衣服，系一根蓝色领带，把笔放在自己面前，眼睛一直盯着我。在他那张有点不匀称的脸上，我只注意到那双清澈明净的眼睛，它专注地审视着我，神情难以捉摸。而我也有了一种奇特的感觉，好像是我自己在观察我自己。也许是因为这一点，也因为我不懂法庭上的程序，我对后来进行的一切都没有怎么搞清楚，例如，陪审员抽签，庭长向律师提问，向检察官、向陪审团提问（每次提问的时候，陪审员的脑袋都同时转向法官席），然后是很快地念起诉书，我只听清楚了其中的地名与人名，然后，又是向律师提问。

这时，庭长宣布传讯证人。执达员念了一些引起我注意的名字，从那一大片混混沌沌的人群中，我看见证人们一个个站起来，从旁门走出去，他们是养老院的院长与门房、多玛·贝雷兹老头、雷蒙、马松、沙拉玛诺，还有玛丽。玛丽向我轻轻做了一个表示焦虑的手势。我还在纳闷儿怎么没有早些看见他们。最后，念到塞莱斯特的名字，他也跟着站起来了。在他身边，我认出了在饭店见过的那个身材矮小的女人，她仍穿着那件夹克衫，一副一丝不苟、坚决果敢的神气。她的眼睛紧紧地盯着我。但我来不及考虑什么，因为庭长开始发言了。他说双方的辩论就要开始了，他相信用不着再要求听众保持安静。他声称，他的职责是引导辩论进行得公平合理，以客观的精神来审视这个案件，陪审团的判决亦将根据公正的精神作出，不论发生什么情况，他将坚决排除对法庭秩序的任何干扰，即使是最微不足道的干扰。

大厅里越来越闷热，我看见好些在场者都在用报纸给自己扇风。这样，就造成了一阵持续不断的纸张哗啦哗啦声。庭长做了一个手势，执达员很快就拿来三把稻草编织的扇子，三位法官立刻就扇将起来了。

对我的审问开始了。庭长语气平和地向我发问，甚至我觉得他带有一丝亲切感。虽然我不厌其烦，他还是先要我自报身份、籍贯、年龄。我自己一想，这也是自然而然、合情合理的，万一把某甲当做某乙来审一通，岂不是一件极为严重的事情？接着，庭长又开始复述了我所犯下的事情，每念三句就问我一声："是这样的吗？"对此，我总是根据律师的嘱咐回答说："是的，庭长先生。"这一个程序拖了很长的时间，因为庭长复述得很详细。在此过程中，记者们都在做笔录。我感到那个最年轻的记者与那个自动机器般的小个子女人，一直用眼光盯着我。像坐在电车板凳上的一排陪审员全都转身向着庭长，专心倾听。庭长咳嗽了一声，翻阅了一下卷宗，一边扇着扇子，一边转向我。

他说他现在要涉及几个表面上跟案子无关、但实际上是关系颇大的问题。我知道他要谈妈妈的问题了，这时，我感到自己对此是厌烦透了。他问我，为什么要把妈妈送进养老院，我回答说，因为没有钱雇人照料她的生活起居。他又问我，就我个人而言，这样做是否使我心里难过，我回答说，不论是我妈妈还是我自己，并不期望从对方那里得到什么，而且也不期望从任何人那里得到什么，我们两人都已经习惯我们这种新式的生活。于是，庭长说他并不想强调这个问题，接着，他问检察官是否有其他的问题要向我提出。

检察官半转过身来，没有正眼瞧我，说如果庭长准许的话，他想知道我当时独自回到泉水那里，是否怀有杀死阿拉伯人的意图。我说："没有。"他又说："既然如此，那当事人为什么要带着武器，而且偏偏直奔这个地方呢？"我说纯属偶然。检察官着重强调了一句，语气阴坏阴坏的："暂时就说这些。"接着，事情进行得有点凌乱，至少我有这种印象。经过一番私下磋商之后，庭长宣布休庭，听取证词则推迟到下午进行。

我没有时间做过多考虑，他们就把我带走，装进囚车送回监狱吃午饭。这一切进行得匆匆忙忙，没有花什么时间，待我刚来得及感到很累的时候，他们又来提我上庭了。一切都又重来一遍，我被带进同样的大厅，面对着同样那些面孔。不同的只是大厅里更加闷热了，就像发生了奇迹一样，每个法官、检察官、我的律师与一些记者，都手执一把草扇。那个年轻的记者与那个瘦小的女士也已在座，但这两人却不扇扇子，而是仍然一言不发地紧盯着我。

我擦了擦脸上的汗，直到我听见传唤养老院院长上庭作证时，我才稍微意识到自己所处的场合与处境。检察官问他我的妈妈对我是否常有怨言，他说是的，但又补充说，经常埋怨自己的亲人，这差不多是养老院的老人普遍都有的怪癖。庭长要他明确指出妈妈是否对我把她送进养老院一事有怨言，院长也回答说是。但对这个问题，他没有做补充说明。接着，庭长又向他提出另一个问题，对此，他回答说，他对我在下葬那天的平静深感惊讶。然后，他又被问及他所说的平静是指什么，他看了看自己的鞋尖，说是指我不愿意看妈妈的遗容，我没有哭过一次，下葬之后立刻就走，没有在坟前默哀。他说，还有一件事使他感到惊讶，那就是殡仪馆的人告诉他，我不知道妈妈的具体岁数。说到这里，大厅里一时寂静无声，庭长要养老院院长确认所讲的就是我，院长没有听清楚这个问题，牛头不对马嘴地回答说："这就是法律。"接着，庭长又问检察官还有没有问题要问证人，检察官大声嚷道："噢！没有了，这已经足够了。"他的声音如此响亮，他的目光如此洋洋得意，朝我一扫，使得我多年以来第一次产生了愚蠢的想哭的念头，因为我感到所有这些人是多么厌恶我。

庭长又问了陪审团与我的律师有没有问题要问，然后要养老院的门房上庭作证。门房也像其他人那样，履行了同样的程序。走过我面前时，他瞧了我一眼，就把目光移开了。他回答了向他提出的问题。他说我不想见妈妈的遗容，说我抽了烟、睡了觉、喝了牛奶咖啡。这时，我感到有某种东西激起了全大厅的愤怒，我第一次觉得我真正有罪。庭长要门房把喝牛奶咖啡与抽烟的经过再复述了一遍。检察官看了看我，眼睛里闪烁着嘲讽的目光。这时，我的律师问门房当时是否跟我一道抽烟来着。但检察官猛然站起来，激烈反对这个问题，说："在这里，究竟谁是罪犯？这种为了削弱证词的力量而不惜给证人抹黑的做法，究竟是什么做法，但这份证词是无可辩驳的，并不因抹黑伎俩而减色！"尽管如此，庭长仍然要门房回答上述问题。那老头儿难为情地说："我知道当时我也不应该抽烟，但先生递给我一支，我不敢拒绝。"最后，他们问我有没有要补充的。我回答说："没有，我只想说，证人没犯错，当时我的确递了一支烟给他。"这时，门房有点惊奇地看了看我，还带有一种感激的神情。他迟疑了一下，说牛奶咖啡是他请我喝的。对此，我的律师得意扬扬地叫了起来，说陪审团一定会重视这一点的。而检察官却在我们头上像雷鸣一样大声吼道："是的，陪审员先生们会注意这一点，不过他们会认定，一个非亲非故的人完全可以送上一杯咖啡，但一个儿子面对着生他育他的那个人的遗体，就应该加以拒绝。"这时，门房回到自己的座位上去了。

轮到多玛·贝雷兹作证了，执达员一直把他扶到证人席上。贝雷兹说，他主要是认识我妈妈，跟我只见过一次面，就是下葬的那天。法官问他那天我有些什么表现，他回答说："诸位都明白，我自己当时太难过了，所以，我什么都没有看见，难过的感情使我没有去注意。因为对我来说，那是天大的悲痛，我甚至都晕倒了。因此，我不可能去注意这位先生。"检察官问他，是不是至少看见了我哭。贝雷兹说没有看见。检察官于是说："陪审团的诸位会重视这一点的。"但我的律师恼火了，他以一种我觉得是颇为夸张的语气问贝雷兹，他是否看见了我没有哭？贝雷兹回答说没有看见。这一问一答引起了哄堂大笑。我的律师一边挽起自己的一只衣袖，一边以不容置疑的口气说："这就是这场审讯的形象，所有一切都是真的，但又没有任何东西是真的！"检察官板着脸，用铅笔在他的文件上戳戳点点那些标题。

审讯暂停了五分钟，这时，我的律师对我说，事情进行得再好不过。接着，法庭传唤塞莱斯特作证，他是由被告方提名出庭的，而被告方，就是我。塞莱斯特不时把目光投向我这一边，手里不停地摆弄着一顶巴拿马草帽。他穿着一身新衣服，那是他好几个星期天跟我一道去看赛马时穿的。但我现在记得他当时没有戴硬领，因为只有一只铜纽扣扣住了他衬衫的领口。庭长问他我是不是他的顾客，他说："是的，但也是一个朋友。"问及他对我的看法时，他回答说我是个男子汉；问及他此话是什么意思时，他回答说谁都知道此话的意思；问及他是否注意到我是一个封闭孤僻的人时，他只回答说我是个从不说废话的人。检察官问他我到他饭店吃饭，是否按时付款。塞莱斯特笑了，他说："这是我与他之间的私事。"又问及他对我的罪行有什么看法时，他把两手放在栏杆上，可以看得出来，他事先对此是有所准备的，他这样答道："在我看来，这是一桩不幸事故。不幸事故，谁都知道是怎么回事。它叫你无法预防。嗨！所以在我看来，这是一桩不幸事故。"他还要继续讲下去，但庭长对他说他已经说得很清楚了，谢谢他。这时，塞莱斯特待在那里，不知所措。他大声表示，他还要继续发言。庭长要求他讲得简短一些。他又重复了一遍，说这是个不幸事故。庭长打断他说："是的，当然是不幸事故，但我们在这里就是为了审理这类不幸事故。我们向您表示感谢。"似乎他已竭尽了自己的心力，充分表现出了作为朋友的善意。塞莱斯特朝我转过身来，我觉得他眼里闪出泪光，嘴唇颤抖哆嗦，那样子好像在问我他还能尽些什么力。我呢，我什么也没有说，也没有做任何表示，但我生平第一次产生了想要去拥抱一个男人的想法。庭长又一次请他离开作证席。塞莱斯特这才回到了旁听席上。在以下的审讯过程中，他就坐在那里，身子稍微前倾，两肘支在膝上，手里拿着巴拿马草帽，听着旁人作证。玛丽被带进来了。她戴着帽子，仍然是那么美，但我更喜欢她长发披肩。从我的位置上，我可以感觉得到她乳房轻轻地颤动，我又回想起了她那微微鼓出的下嘴唇。这时她好像很紧张。刚一上来，庭长就问她是从什么时候认识我的。她说是我们在一家公司里做事的时候认识的。庭长又问她跟我是什么关系，她说她是我的女友，对与此相关的一个问题，她说她的确要和我结婚。正在翻阅卷宗的检察官这时突然问她何时与我发生肉体关系的，她说了那个日期。检察官以一种不动声色的神态指出，那似乎就是我妈妈下葬的第二天。接着，他带着明显的嘲讽意味说，他并不想在一个微妙的问题上大做文章，他也很理解玛丽不便启齿，但是，他认为自己的职责使他不得不超脱某些通常的礼节（说到这里，他的声调大为严厉起来）。于是，他要求玛丽把我们发生关系那天的经过讲述一遍。玛丽不愿意讲，但在检察官的坚持下，她讲了那天我们游泳、看电影与回到我住处的经过。检察官说，根据玛丽在预审中所提供的证词，他调查了那一天电影院放映的节目，他要玛丽自己来说说那天我们看的是什么片子了。玛丽的声音都变了，说那是费尔南德的一部片子。她话音一落，全场鸦雀无声。这时，检察官霍地站了起来，神态庄严，用手指着我，以一种我觉得很是激动的声调，一个字一个字地、慢吞吞地大声道："陪审团的先生们，此人在自己母亲下葬的第二天，就去游泳，就去开始搞不正当的男女关系，就去看滑稽电影、放声大笑，我用不着再向诸位说什么了。"他坐下，大厅里仍是鸦雀无声。但是，玛丽突然大哭起来，她说情况并不是这样，还有其他的情况，她刚才的话并不是她心里想的，而是人家逼她说的，她一直很了解我，我没有做过任何坏事，但是，执达员在庭长的示意下，立刻把她架了出去，审讯又继续进行。

接下去是听马松的证词。他宣称我是一个正直的人，"甚至要说，是个老实人"。但这时大厅里的人都不怎么听他的了。轮到沙拉玛诺作证，更没有多少人听了。他说我对他的狗很好，关于我妈妈与我的问题，他回答说，我跟妈妈没有什么话可说，因为这一点，我把她送进了养老院。"应该理解呀，应该理解呀！"他这样说。但没有人表示理解。他也被带走了。

再就是轮到雷蒙了，他是最后一个作证的。雷蒙向我轻轻做了个手势，一上来就说我是无辜的。但庭长立即宣称，法庭不要他下判断，而是要他提供事实，吩咐他先等法庭提问，然后再作回答。接着，首先要他讲清楚他与被杀者的关系。雷蒙趁这个机会说被杀者恨的是他，因为他羞辱了他的姐姐。庭长问他，被杀者是否没有原因对我有什么仇恨，雷蒙说我到海滩去完全是出于偶然。检察官问他，为什么最初酿成了这个事件的那封信是出自我手。雷蒙回答说，这也是出于偶然。检察官反驳说，在这个事件中，偶然性对人类良知的毁坏已经很多了。他想知道，当雷蒙羞辱他的情妇的时候，我没有去劝阻，这是否出于偶然；我为他到警察局去作证，这是否出于偶然；我在作证时所说的话完全是为了讨好人，这是否也出于偶然。最后，他问雷蒙靠什么生活，雷蒙回答说"当仓库管理员"。检察官朝着陪审团大声说，众所周知，此人所干的行当是给妓女拉皮条，而我则是他的同谋、他的朋友。这是一个最下流无耻的事件，由于有道德上的魔鬼在其中掺和而更加严重。这时，雷蒙要进行申辩，我的律师也表示抗议，但庭长要他们让检察官把话讲完。检察官："我要讲的话不多了，他是您的朋友吗？"他这样问雷蒙，雷蒙回答说："是的，他是我的哥们儿。"检察官又向我提出同样的问题，我看了看雷蒙，他仍目不转睛地看着我。我回答："是的。"检察官于是转身向着陪审团，大声说："还是这个人，他母亲死后的第二天，就去干最放荡无耻的勾当，为了了结一桩伤风败俗、卑鄙龌龊的纠纷，就随随便便去杀人。"

检察官坐下了。我的律师已经按捺不住，他举起胳臂，法袍的袖子因此滑落下来，露出里面上了浆的衬衣的褶痕，他大声嚷道："说到底，究竟是在控告他埋了母亲，还是在控告他杀了一个人？"听众哄堂大笑。但检察官又站了起来，整了整自己的法袍，高声宣称，只有您这位可敬的辩护律师如此天真无邪，才能对这两件事之间深层次的、震撼人心的、本质的关系视而不见、无动于衷。他声嘶力竭地喊道："是的，我控告这人怀着一颗杀人犯的心埋葬了一位母亲。"这一声宣判，显然对全体听众产生了很大的影响。我的律师耸了耸肩，擦了擦额头上的汗，看来他本人也颇受震撼，这时我感到我的事情不妙了。

审讯完毕。出了法庭上囚车的一刹那间，我又闻到了夏季傍晚的气息，见到了这个时分的色彩。我在向前滚动的昏暗的囚车里，好像是在疲倦的深渊里一样，一一听出了这座我所热爱的城市、这个我曾心情愉悦的时分所有那些熟悉的声音：傍晚休闲气氛中卖报者的吆喝声，街心公园里迟归小鸟的啁啾声，三明治小贩的叫卖声，电车在城市高处转弯时的呻吟声，夜幕降临在港口之前空中的嘈杂声，这些声音又在我脑海里勾画出我入狱前非常熟悉的在城里漫步的路线。是的，过去在这个时分，我都心满意足，精神愉悦，但这距今已经很遥远了。那时，等待我的总是毫无牵挂的、连梦也不做的酣睡。但是，今非昔比，我却回到自己的牢房，等待着第二天的到来，就像划在夏季天空中熟悉的轨迹，既能通向监狱，也能通向酣睡安眠。

四

即使是坐在被告席上，听那么多人谈论自己，也不失为一件有意思的事。在检察官与我的律师进行辩论时，我可以说，双方对我的谈论的确很多，也许谈论我比谈论我的罪行更多。但双方的辩词，果真有那么大的区别吗？律师举起胳膊，承认我有罪，但认为情有可原；检察官伸出双手，宣称我有罪，而且认为罪不可赦。使我隐隐约约感到不安的是一个东西，那便是有罪。虽然我顾虑重重，我有时仍想插进去讲一讲，但这时我的律师就这么对我说："别作声，这样对您的案子更有利。"可以说，人们好像是在把我完全撇开的情况下处理这桩案子。所有这一切都是在没有我参与的情况下进行的。我的命运由他们决定，而根本不征求我的意见。时不时，我真想打断大家的话，这样说："归根到底，究竟谁是被告？被告才是至关重要的。我本人有话要说！"但经过考虑，我又没有什么要说了。而且，我应该承认，一个人对大家感兴趣的问题，也不可能关注那么久。例如，对检察官的控词，我很快就感到厌烦了。只有其中那些与整体无关的只言片语、手势动作、滔滔不绝讲话，才使我感到惊讶，或者引起我的兴趣。

如果我没有理解错的话，他基本的思想是认定我杀人纯系出自预谋。至少，他力图证明这一点。正如他本人所说："先生们，我将进行论证，进行双重的论证。首先是举出光天化日之下犯罪的事实，然后是揭示出我所看到的这个罪犯心理中的蛛丝马迹。"他概述了妈妈死后的一连串事实，历数了我的冷漠、我对妈妈岁数的无知、我第二天与女人去游泳、去看费尔南德的片子、与玛丽回家上床。我开始没有搞清楚他的所指，因为他老说什么"他的情妇"、"他的情妇"，而在我看来，其实很简单，就是玛丽。接着，他又谈雷蒙事件的过程。我发现他观察事物的方式不够清晰明了。他说的话还算合情合理。我先是与雷蒙合谋写信，把他的情妇诱骗出来，让这个"道德有问题"的男人去作践她。后来我又在海滩上向雷蒙的仇人进行挑衅。雷蒙受了伤后，我向他要来了手枪。我为了使用武器又独自回到海滩。我按自己的预谋打死了阿拉伯人。我又等了一会儿。为了"确保事情解决得彻底"，又开了四枪，沉着、稳定，在某种程度上是经过深思熟虑地又开了四枪。

"先生们，事情就是这样，"检察官说，"我给你们复述出全部事实的发展线索，说明此人完全是在神志清醒的状态中杀了人。我要强调这一点。因为这不是一桩普通的杀人案，不是一个未经思考、不是一个当时的条件情有可原、不是一个值得诸位考虑不妨减刑的罪行。先生们，此人，犯罪的此人是很聪明的。你们听他说过话没有？他善于应对，他很清楚每个字的分量。我们不能说他行动的时候不知他是在干什么。"

我听着他侃侃而谈，听见了他说我这个人很聪明。但我难以理解，为什么一个普通人身上的优点，到了罪犯身上就成为了他十恶不赦的罪状。至少，他这种说法使我感到很惊诧，于是，我不去听检察官的长篇大论了，直到过了一会儿，我又听见他这样说："难道此人表示过一次悔恨吗？从来没有，先生们，在整个预审过程中，此人从没有对他这桩可憎的罪行流露过一丝沉痛的感情。"说到这里，他向我转过身来，用手指着我，继续对我大加讨伐，真弄得我有些莫名其妙。当然，我不能不承认他说得有根有据。我对开枪杀人的行为，的确一直并不怎么悔恨。但他那么慷慨激昂，却使我感到奇怪。我真想亲切地，甚至是带着友情地向他解释，我从来没有对某件事真正悔恨过。我总是为将要来到的事，为今天或明天的事忙忙碌碌，操心劳神。但是，在我目前这种处境下，我当然不能以这种口吻对任何人说话。我没有权利对人表示友情，没有权利抱有善良的愿望。想到这里，我又试图去倾听检察官的演说，因为他开始评说我的灵魂了。

他说他一直在研究我的灵魂，结果发现其中空虚无物。他说我实际上没有灵魂，没有丝毫人性，没有任何一条在人类灵魂中占神圣地位的道德原则，所有这些都与我格格不入。他补充道："当然，我们也不能因此而谴责他。他既然不能获得这些品德，我们也就不能怪他没有。但是，我们现在是在法庭上，宽容可能产生的消极作用应该予以杜绝，而代之以正义的积极作用，这样做并不那么容易，但是更为高尚。特别是在今天，我们在此人身上所看到的如此大的灵魂黑洞，正在变成整个社会有可能陷进去的深渊，就更有必要这样做。"这时，他又说起了我对妈妈的态度。他把在辩论时说过的话又重复了一遍。但说这事的话要比说我杀人罪的话多得多，而且滔滔不绝，不厌其烦，最后使得我听而不闻，只感觉到这天早晨的天气热得厉害，至少直到检察官停了一下的时候。然后，他又以低沉而坚定不移的声音说道："先生们，我们这个法庭明天将要审判一桩最凶残可恶的罪行，杀死亲生父亲的罪行。"据他说，这种残忍的谋杀简直令人无法想象。他希望人类的正义对此予以严惩而不手软。但是他敢说那桩罪行在他身上引起的憎恶，与我对妈妈的冷酷所引起的憎恶相比，几乎可说是小巫见大巫。他认为，一个在精神心理上杀死了自己母亲的人，与一个谋害了自己父亲的人，都是以同样的罪名自绝于人类社会。在任何意义上来说，前一种罪行是后一种罪行的准备，它以某种方式预示着后一种罪行的发生，并使之合法化。他提高声调继续说："先生们，我坚信，如果我说坐在这张凳子上的人，与本法庭明天将要审判的谋杀案同样罪不可恕，你们绝不会认为我这个想法过于鲁莽。他应该受到相应的惩罚。"说到这里，检察官擦了擦因汗水闪闪发光的脸，他最后说，他的职责是痛苦的，但他要坚决地去完成。他宣称，既然我连这个社会的基本法则都不承认，当然已与这个社会一刀两断；既然我对人类良心的基本反应麻木不仁，当然不能对它再有所指望。他说："我现在向你们要求，取下此人的脑袋。在提出这个要求时，我的心情是轻快的，因为，在我从事已久的职业生涯中，如果我有时也偶尔提出了处以极刑的要求的话，我从未像今天这样感到我艰巨的职责得了补偿，达到了平衡，并通明透亮，因为我的判断是遵循着某种上天的、不可抗拒的旨意，是出自对这张脸孔的憎恶。在这张脸孔上，我除了看见残忍外，别无任何其他的东西。"

检察官坐下后好久一会儿，大厅里静寂无声。我因为闷热与惊愕而头昏脑涨。庭长咳了两声，清清嗓子，用很低的声音问我有没有话要说。我站了起来，由于我憋了好久，急着要说，说起来就有点没头没脑。我说我并没有打死那个阿拉伯人的意图。庭长回答说，这是肯定的，又说到目前为止，他还没有搞清楚我为自己辩护的要领，希望在听取我律师的辩护词之前，我先说清楚导致我杀人的动因。我说得很急，有点儿语无伦次，自己也意识到有些可笑。我说，那是因为太阳起了作用。大厅里发出了笑声。我的律师耸了耸肩膀，马上，庭长就让他发言了。但他说，时间不早了，他的发言需要好几个钟头，他要求推迟到下午再讲。法庭同意了。

下午，巨大的电扇不断地搅和着大厅里混浊的空气，陪审员们手里五颜六色的小草扇全朝一个方向扇动。我觉得我的律师的辩护词大概会讲个没完没了。有一阵子，我是注意听了，因为他这样说："的确，我杀了人。"接着，他继续用这种语气讲下去，每次谈到我这个被告时，他都自称为"我"。我很奇怪，就弯下身子去问法警这是为什么，法警要我别出声，过了一会儿，他说："所有的律师都用这个法子。"我呢，我认为这仍然是把我这个人排斥出审判过程，把我化成一个零，又以某种方式，由他取代了我。不过，我觉得我已离这个法庭很远了，而且，还觉得我的律师很可笑。他很快就以阿拉伯人的挑衅为由替我进行辩护，然后，他也大谈起我的灵魂，但我觉得他的辩才远远不如那位检察官。他这样说："我本人，我也研究过被告的灵魂，但与检察机构这位杰出的代表相反，我发现了一些东西，而且我可以说，这些东西是一目了然的。"他说，他看到我是一个正经人，一个循规蹈矩的职员，不知疲倦，忠于职守，得到大家的喜爱，对他人的痛苦富有同情心。在他看来，我是一个模范儿子，尽了最大的努力供养母亲。最后，由于希望老太太得到我的能力难以提供的舒适生活，才把她送进了养老院。他又补充说："先生们，我很奇怪，有关人士竟对养老院议论纷纷，大加贬损。说到底，如果要证明养老院这种设施的用处与伟大，只需指出这些机构全是由国家津贴的就行了。"不过，他没有谈到葬礼问题，我觉得这是他辩护词的一个漏洞。由于这些长篇大论，由于人们一小时又一小时、一天又一天没完没了地评论我的灵魂，我似乎觉得，所有这一切都变成了一片无颜无色的水，在它面前我感到晕头转向。

最后，我只记得，正当我的律师在继续发言时，一个卖冰的小贩吹响了喇叭，声音从街上穿过一个个大厅与法庭，传到了我耳边，对过去生活的种种回忆突然涌入我的脑海，那生活已经不属于我了，但我从那里确曾得到过我最可怜、最难以忘怀的快乐，如夏天的气味、我所热爱的街区、傍晚时的天空、玛丽的笑声与裙子。我觉得来到法庭上所做的一切都毫无用处，这使我心里堵得难受，只想让他们赶紧结束，我好回到牢房里去睡大觉。所以，我的律师最后大声嚷嚷时，我几乎没有听见。他说，陪审员先生们是不会把一个因一时糊涂而失足的老实劳动者送上死路的，他要求对我已犯下的罪行予以减刑，因为对我最实在的惩罚，就是让我终身悔恨。法庭结束辩论，我的律师筋疲力尽地坐下。但他的同事都走过来跟他握手，我听他们说："棒极了，亲爱的。"其中的一人甚至拉我来帮腔："嗨，怎么样？"我表示同意，但我的恭维言不由衷，因为我实在太累了。

外面，天色已晚，也不那么炎热了。我听见从街上传来的一些声音，可以想象已经有了傍晚时分的凉爽。大厅里的人都在那里等着，其实大家所等的事情只关系我一个人。我看了看整个大厅，情形与头一天完全一样。我又碰见了那个穿灰色上衣的新闻记者和那个像机器人的女子的目光。这使我想起了，在整个审讯过程中我都没有用眼光去搜索玛丽。我并没有忘记她，而是因为我要应付的事太多了。这时，我看见她坐在塞莱斯特与雷蒙之间，她向我做了个小小的手势，仿佛在说："总算完了！"我看见她那略显忧伤的脸上泛出了一丝笑容，但我感到自己的心已经对外封闭，其至无法回答她的微笑。

全体法官又回来了。庭长向陪审团很快地念了一连串问题。我听见有"杀人犯"……"预谋"……"可减轻罪行的情节"等。陪审团走出大厅,我也被带到我原来在里面等候的那个小房间。我的律师也来了,他滔滔不绝,以从来没有过的自信心与亲切态度跟我说话。他认为一切顺利,我只需坐几年牢或者服几年苦役即可完事。我问他,如果判决严厉的话,我是否还有上诉的机会。他对我说没有。他的策略是,诉讼当事人放弃提出意见,以免引起陪审团的反感。他向我解释说,不能无缘无故就不服判决,提出上诉。我觉得这是显而易见的道理,也就同意了他的意见。其实,冷静地加以考虑,这也是自然而然的事情,否则,要耗费的公文状纸就会太多。我的律师又说:"无论如何,上诉是允许的,但我有把握,判决肯定对你有利。"

我们等了很久,我想大概有三刻钟。最后,又响起了铃声。我的律师先走了,走时对我说:"庭长要宣读对双方辩论的评语了,待一会儿,宣读判决词的时候,会让您进去的。"我听见一阵门响,一些人在楼梯上跑过,听不出离我多远。接着,我听见大厅里有一个低沉的声音在读什么。铃声又一次响起,门开了,我一出现,大厅里就鸦雀无声,真是一片死寂,我看见那个年轻的新闻记者把视线从我身上移开,我突然产生一种奇异的感觉。我没有朝玛丽那边看。我已经没有时间去看了,因为庭长用一种奇怪的方式向我宣布，将要以法兰西人民的名义，在一个广场上将我斩首示众。这时，我才觉得自己弄明白了审讯过程中我在所有听众脸上看到的表情意味着什么。我确信那就是另眼相看。法警对我很温和了，律师把他的手放在我的腕上。我这时什么都不想了。庭长问我是不是有话要说，我考虑了一下，说了声"没有"，立刻就被带出了法庭。

五

我已经是第三次拒绝接待指导神甫了。我跟他没有什么可说的，我不想说话。反正我很快又会见到他。我现在感兴趣的是逃避死刑，是要知道判决之后是否能找到一条生路。当局又给我换了一间牢房。在这里，我一躺下，就可以望见天空，也只可能望见天空。我整天整天地看着天空中从白昼到黑夜色彩明暗的变化。躺着的时候，我双手枕在头下，等待着什么。我不知想过多少次，是否在那些被判死刑的罪犯中也曾有人逃脱了那部无情的断头机，挣脱了执法者的绳索，在处决之前消失得无影无踪。这样想时，我就责怪自己过去没有对那些描写死刑的作品给予足够的注意。世人对这类问题必须经常关注，因为谁也不知道会有什么事情落在自己头上。像大家一样，我也看过一些报纸上的这类报道。但肯定会有一些这方面的专著，而过去我是从没有兴趣去看的。也许，在那些书里，我可以找到逃脱极刑的叙述。那我就会知道，至少有过那么一次，绞刑架的滑轮突然停住了，或者是出自某种难以防止的预谋，一个偶然事件与一个凑巧机遇发生了，仅仅只发生那么一次，最终改变了事情的结局。在某种意义上，我认为这对我就足够了，剩下的事自有我的良心去料理。报纸上经常高谈阔论对社会的欠债问题，照它们的说法，欠了债就必须偿还。但是，只在想象中欠了社会的债，就谈不上要偿还了。重要的是，要有逃跑的可能性，要一下就跳出那不容触犯的规矩，发狂地跑。跑，就可以给希望提供种种机会。当然，所谓"希望"，就是在街道的某处，奔跑之中被一颗流弹击倒在地。尽管做了这么一番畅想，但现实中没有任何东西允许我去享受这种奇遇，所有的一切都禁止我做此非分之举，那无情的机制牢牢地把我掌握在手中。

虽然我善良随和，也不能接受这判决咄咄逼人的武断结论。因为，说到底，在以此结论为根据的判决与此判决宣布之后坚定不移的执行过程之间，存在着一种可笑的不相称。判决在二十点钟而不是在十七点钟宣布，就很可能是另一个样子，它是由一些煞有介事、换了新衬衣的人做出的，而且是以法兰西人民（既不是德国人民，也不是中国人民）的名义做出的，而"法兰西人民"这个概念又并不确切，在我看来，所有这一切就使得这个判决大大丧失了它的严肃性。然而，我不得不承认，从它被做出的那一秒钟起，它就是那么确切无疑，严峻无情，像眼前我的身体所倚靠的牢房墙壁一样。

在这个时候，我想起了妈妈对我讲过的一件有关我父亲的往事。我没有见过我父亲。对他这个人，我所知道的全部确切的事，也许要算妈妈告诉我的那些了：有一天，他去看处决一个杀人凶犯。他一想到去看杀人，心里就不舒服，但他还是去了，回来呕吐了一早晨。自从我听了这件事后，我对父亲就有点厌恶了。现在，我理解了，他当时那么做是很自然的事。我过去怎么没有看出执行死刑是最重要不过的事呢，怎么没有看出，使一个人真正感兴趣的，归根结底就是这么一件事呢！如果有朝一日我出了这个监狱，一定要去看所有的执行死刑的场面。我相信，我这样想是错了，不该设想这种可能性。因为，我一想到如果某一天早晨我自由了，站在警察的绳索后面，也可以说，是站在另外一边，充当观众来看热闹，看完之后又呕吐一场，一想到这些，我就感到有一阵恶毒的喜悦涌上心头，但这是不理智的。我不该让自己有这些胡思乱想，因为这样一想，我就感到全身冷得可怕，在被窝里缩成一团，牙齿打战，难以自禁。

当然，谁也不可能做到永远理智。比方说，有好些次，我就制定起法律来。我改革了刑罚制度，我注意到最重要的是要给被判处决者一个机会。即使是千分之一的机会，也足以把很多的事情都安排好。这样，我觉得人就可以发明一种化学合成品，服用后有百分之九十的把握可使受刑者死去（我想的就是受刑者）。条件是，让受刑者本人事先知道。经过反复考虑，冷静权衡，我认为断头台的缺点就是没有给任何机会，绝对没有。一锤落定，绝无回旋，受刑者必死无疑。那简直就是一桩铁板钉钉的公案，一个不可更改的安排，一份已经谈妥了的协议，再没有回旋余地。如果由于特殊情况，那断头机失灵，那就又得再砍一次。因此产生了一个令人烦恼的问题，那就是被处决者还得期望断头机运转正常。我这里说的是不完善的一方面。在某种意义上，事情的确如此。但是在另一种意义上，我不能不承认，整个严密机制的全部奥秘也在于此。总而言之，被处决者在精神上不能不与整个机制配合。他要关心的就是一切运转正常，不发生意外。

我不得不承认，到目前为止，我在这些问题上的想法有些是不正确的。比如说，不知是什么原因，我长期以来一直以为上断头台，要一级一级走上去。现在我认为，这是因为1789年大革命的缘故，也就是说，在这些问题上，人们教给我或让我是这么认识的。但是，有一天早晨，我回想起一张刊登在报纸上的照片，那是对一次轰动一时的处决场面的报道。实际上断头机就平放在地上，再简单不过。它比我想象的要窄小许多。我过去没有早看出这点，这真有点儿怪。照片上那台断头机外观上精密、完美、光洁闪亮，使我大感惊奇。一个人对他所不了解的东西，总是会有一些夸张失真的想法。我应该看到，其实一切都很简单：断头机与被处决的人都在平地上，被处决的人朝机器走过去，他走到它跟前，就像碰见了另一个人一样。当然，这是件讨厌的事。登上断头台，想象力可以发挥作用，把这想象为升上天堂。实际上，断头机毁灭了一切，一个人被处死，无声无息，真有点丢脸，但准确无误，快捷了当。

　　还有两件事是我牵肠挂肚、念念难忘的，那就是黎明与我的上诉。其实，我一直在说服自己，尽量不再去想它。我躺着的时候，仰望天空，努力对它感兴趣。它变成绿色时，就是黄昏来到了。我再努一把力，转移我的思路。我听见自己的心在跳动，我不能想象伴随着我这么多年的心跳声，有朝一日会停止。我从未有过真正的想象力。但我还是试图想象出心跳声不再传到脑子里的那短暂的片刻。即使如此，我仍然是白费了力气，黎明与上诉还是萦绕脑际。我最后对自己说，最合情合理的办法，就是不要勉强自己。

　　我知道，他们总是黎明时来提人。因此，我整夜全神贯注，等待黎明。我从来都不喜欢凡事突如其来，措手不及。要是有什么事发生，我更喜欢有所准备，这就是为什么我只在白天睡一睡，而整个夜晚都耐心地等候着日光照上天窗。最难熬的是朦朦胧胧的破晓时分，我知道他们都是此时此刻动手的。一过了午夜，我就等着，窥伺着。我的耳朵从来没有听见过这么多声音，没有分辨出过这么细微的声响。我可以说，在这段时期里，我总算还有运气，没有听见来提我的脚步声。妈妈过去常说，一个人即使倒霉绝不会时时事事都倒霉。每当天空被晨光染上了色彩，新的一天又悄悄来到我牢房时，我就觉得她说得很有道理。因为，我本来是可能听到脚步声的，我的心本来也是可能紧张得炸裂的。甚至，最轻微的窸窣声也会使我奔到门口，把耳朵紧贴在门上，狂乱不知所措地等着，听见自己的呼吸粗声粗气，就像狗的喘气声，因而感到非常恐惧，但终究我的心没有被吓得炸裂，我又多活了二十四小时。

整个白天，我就考虑我的上诉。我认为我抓住了这个念头中最可贵的部分。我估量我所能获得的结果，我从自己的思考中自得其乐。我总是设想有最坏的可能，即我的上诉被驳回。"这样，我就只有去死。"死得比很多人早，这是显而易见的。但是，世人都知道，活着不胜其烦，颇不值得。我不是不知道三十岁死或七十岁死，区别不大，因为不论是哪种情况，其他的男人与其他的女人就这么活着，活法几千年来都是这个样子。总而言之，没有比这更一目了然的了。反正，是我去死，不论现在也好，还是二十年以后也好。此时此刻，在我想这些事的时候，我颇感为难的倒是一想到自己还能活上二十年，这观念上的飞跃叫我不能适应。不过，在想象我二十年后会有什么想法时，我只要把它压下去就可以了，将来的事，将来该怎么办就怎么办。既然都要死，怎么去死、什么时间去死，就无关紧要了，这是显而易见的道理。所以，我的上诉如遭驳回，我就应该服从。不过，对我来说，困难的是念念不忘"所以"这个词所代表的是逻辑力量。

这时，也只有在这时，我才可以说有了权利，以某种方式允许自己去做第二种假设，即我获得特赦。麻烦的是，我必须使自己的血液与肉体，不要亢奋得那么强烈，不要因为失去理智的狂喜而两眼昏花。我还得竭力压制住叫喊，保持理智的状态。做此假设时，我也得表现得自然而然，以使得我放弃第一种假设显得较为合情合理。我这样做取得了成功，我也就有了一个钟头的平静，这么做毕竟也是不简单的事。

也正是在这样一个时刻，我再一次拒绝见指导神甫。我当时正躺着，从天空里的某种金黄色可以看出，黄昏已经临近。我刚好放弃了上诉，感到血液在全身正常流动，我不需要见指导神甫。很久以来，我第一次想到了玛丽。她已经好些日子没有写信给我了。这天夜晚，我反复思索，心想她大概是已经厌倦了给一个死刑犯当情妇。我也想到她也许是病了或者是死了。生老病死，本来就是常事。既然我跟她除了已经断绝的肉体关系之外别无其他任何关系，互相又不思念，我怎么可能知道她具体的近况呢？再说，从这时开始，我对玛丽的回忆也变得无动于衷了。如果她死了，我就不再关心她了。我觉得这是正常的，因为我很清楚，我死后，人们一定会忘了我。他们本来跟我就没有关系。我甚至不能说这样想是无情无义的。

想到这里时，指导神甫进来了。我一见他，就轻微地颤抖了一下。他看出来了，对我说不必害怕。我对他说他今天来没有按惯常的时间。他回答说，这是一次完全友好的访问，与我的上诉无关，事实上他对此也一无所知。他坐在我的小床上，请我坐在他旁边。我拒绝了。不过，我觉得他的态度很和蔼。

他坐了一会儿，把手搁在膝上，低着头，看着自己的手。他的双手细长而又结实有力，使我联想到两头灵巧的野兽。他慢慢地搓着双手，而后，就这么坐着，老低着头，好久好久，有时我甚至忘了他还坐在那儿。

但是，他突然抬起头来，两眼直盯着我，问道："您为什么多次拒绝我来探望？"我回答说我不信上帝。他想知道我对此是否有绝对把握，我说我没有必要去考虑，我觉得这个问题并不重要。他于是把身子往后一仰，背靠在墙上，两手放在大腿上，好像不是在对我说话，说他曾经注意到有的人总自以为有把握，实际上他并没有把握。我听了没有作声。他盯着我发问："您对此有何想法？"我回答说有这种可能。不过，无论如何，对于我真正感兴趣的事我也许没有绝对把握，但对于我不感兴趣的事我是有绝对把握的，恰好，他跟我谈的事情正是我不感兴趣的。

他把眼光移开，身子仍然未动，问我这么说话是否因为极度绝望。我向他解释说我并不绝望，我只不过是害怕，这很自然。他说："那么，上帝会帮助您的。我所见过的处境与您相同的人最后都皈依了上帝。"我回答说，我承认这是那些人的权利，这恰恰说明他们还有时间这么做。至于我，我不愿意人家来帮助我，而且我已经没有时间去对我不感兴趣的事情再产生兴趣。

这时，他气得两手发抖，但他挺直身子，理顺了袍子上的皱褶。然后，称我为"朋友"，对我说：他这样对我说话，并不是因为我是一个被判死刑的人。在他看来，我们这些人，无一例外都是被判了死刑。我打断他说这不是一回事，而且他这么说无论如何也不能安慰我。他同意我的看法，说："当然如此。不过，您如果今天不死，以后也是会死的。您那时还会碰见同样的问题，您将怎么接受这个考验？"我回答说，我今天是怎么接受的，将来就会怎么接受。

听了这话，他霍地站了起来，两眼逼视着我的两眼。他这种把戏我很熟悉，我常用它跟艾玛尼埃尔与塞莱斯特闹着玩，通常，他们最后都把目光移开。指导神甫也深谙此法，我立刻就看穿了他，果然，他直瞪着两眼，一动也不动，他的声音也咄咄逼人，这么对我说："您难道就不抱任何希望了吗？您难道就天天惦念着自己行将整个毁灭而这么苟延残喘吗？"我回答说："是的。"

于是，他低下了头，重新坐下。他说他怜悯我，他认为一个人这么生活是不能忍受的。而我，我只感到他开始令我厌烦了。我转过身去，走到窗口下面，用肩膀靠着墙。他又开始向我提问了，我心不在焉地听着他。他的声音不安而急促。我觉得他是动感情了，因此，我就听得比较认真了。

他说他确信我的上诉会得到批准，但我仍背负着一桩我应该摆脱的罪孽。在他看来，人就不知道何谓罪孽，法庭只告诉我是罪犯。我是犯人，我就付出代价，别人无权要求我更多的东西。我说到这里，他又站了起来，我想，在这么狭小的牢房里，他如果要活动活动，就别无其他选择，要么坐下去，要么站起来。

我的眼睛盯着地面。他向我走近一步，停下来，好像是不敢再往前走。他的眼光穿过铁条望着天空，对我说："您错了，我的儿子，我们可以对您要求更多，我们会向您提出这样的要求，也许会的。"

"那么是什么要求？"

"要求您看。"

"看什么？"

神甫朝他周围看了看。我突然发现他答话的声音已变得疲惫不堪了，他说："所有这些石块都流露出痛苦，这我知道。我没有一次看它们心里不充满忧伤。但是，说句心里话，我知道，你们这些囚犯中身世最悲惨的，都从这些黑乎乎的石块上看见过有一张神圣的面孔浮现出来。我们要求您看的，就是这张面孔。"

我有点激愤起来。我说我每天瞧着这些石壁已经有好些个月了，对于它们，我比世界上任何人、任何东西都更为熟悉。也许，曾经有好久的时间，我的确想从那上面看见一张面孔，但那是一张充满了阳光色彩与欲望光焰的面孔，那就是玛丽的面孔。我白费了力气。现在，彻底完了。反正，从这些潮湿渗水的石块里，我没有看见浮现出什么东西。

指导神甫带着一种悲哀的神情看了我一眼，我现在全身都靠在墙上，阳光照在我的前额上，他说了句什么，我没有听清，接着他很快地问我是否允许他拥抱我，我回答说："不。"他转过身去，朝墙壁走去，慢慢地把手放在墙上，轻言轻语地说："您难道就是这么爱这个世界的吗？"我没有作任何回答。

他背对着我站了好久。他待在这里使我感到压抑，惹我恼火。我正要请他离开，不要再管我，他却转身向我，突然大声叫嚷了起来："不，我不信您的话，我确信您曾经盼望过另外一种生活。"我回答说那是当然的，但那并不比盼望发财、盼望游泳游得更快，或者盼望自己长一张更好看的嘴巴来得更为重要。这都是一回事。他打断我的话，他想知道我是如何设想另一种生活的。于是，我朝他嚷了起来："就是那种我可以回忆现在这种生活的生活。"立刻，我又对他说，我已经受够了。他还想跟我谈上帝，但我朝他逼近，试图最后一次向他说明我剩下的时间已经不多了，我不想浪费时间去跟上帝在一起。他企图变换话题，问我为什么称他为"先生"而不是"我的父亲"，这可把我惹火了，我对他说他本来就不是我的父亲，他到别人那里去当父亲吧。

他把手放在我的肩上，说："不，我的孩子，我在您这里就是父亲。但您不明白这点，因为您的心是迷茫的。我为您祈祷。"

这时，不知是为什么，好像我身上有什么东西爆裂开来，我扯着嗓子直嚷，我叫他不要为我祈祷，我抓住他长袍的领子，把我内心深处的喜怒哀乐猛地一股脑儿倾倒在他头上。他的神气不是那么确信有把握吗？但他的确信不值女人的一根头发，他甚至连自己是否活着都没有把握，因为他干脆就像行尸走肉。而我，我好像是两手空空，一无所有，但我对自己很有把握，对我所有的一切都有把握，比他有把握得多，对我的生命，对我即将来到的死亡，都有把握。是的，我只有这份把握，但至少我掌握了这个真理，正如这个真理抓住了我一样。我以前有理，现在有理，将来永远有理。我以这种方式生活过，我也可能

122

以另外一种方式生活。我干过这，没有干过那，我做过这样的事，而没有做过那样的事。而以后呢？似乎我过去一直等待的就是这一分钟，就是我也许会被判无罪的黎明。没有任何东西，没有任何东西是有重要性的，我很明白是为什么。他也知道是为什么。在我所度过的整个那段荒诞生活期间，一种阴暗的气息从我未来前途的深处向我扑面而来，它穿越了尚未来到的岁月，所到之处，使人们曾经向我建议的所有一切彼此之间不再有高下优劣的差别了，未来的生活也并不比我已往的生活更真切实在。其他人的死，母亲的爱，对我有什么重要？既然注定只有一种命运选中了我，而成千上万的生活幸运儿都像他这位神甫一样跟我称兄道弟，那么他们所选择的生活，他们所确定的命运，他们所尊奉的上帝，对我又有什么重要？他懂吗？大家都是幸运者，世界上只有幸运者。有朝一日，所有的其他人无一例外，都会被判死刑，他自己也会被判死刑，幸免不了。这么说来，被指控杀了人，只因在母亲的葬礼上没有哭而被处决，这又有什么重要呢？沙拉玛诺的狗与他的妻子没有什么区别，那个自动机械式的小女人与马松所娶的那个巴黎女人或者希望嫁给我的玛丽，也都没有区别，个个有罪。雷蒙是不是我的同伙与塞莱斯特是不是比他更好，这有什么重要？今天，玛丽是不是又把自己的嘴唇送向另一个新默尔索，这有什么重要？他这个也被判了死刑的神甫，他懂吗？从我未来死亡的深渊里，我喊出了这些话，喊得喘不过气来。但这时，有人把神甫从我手中救了出去，看守们狠狠吓唬我。而神甫却劝他们安静下来，他默默地看了我一会儿。他眼里充满了泪水，他转过身去走开，消失掉了。

他走了以后，我也就静下来了。我筋疲力尽，扑倒在床上。我认为我是睡着了，因为醒来时我发现满天星光洒落在我脸上。田野上万籁作响，直传到我耳际。夜的气味、土地的气味、海水的气味，使我两鬓生凉。这夏夜奇妙的安静像潮水一样浸透了我的全身。这时，黑夜将尽，汽笛鸣叫起来了，它宣告着世人将开始新的行程，他们要去的天地从此与我永远无关痛痒。很久以来，我第一次想起了妈妈。我似乎理解了她为什么要在晚年找一个"未婚夫"，为什么又玩起了"重新开始"的游戏。那边，那边也一样，在一个生命凄然而逝的养老院的周围，夜晚就像是一个令人伤感的间隙。如此接近死亡，妈妈一定感受到了解脱，因而准备再重新过一遍。任何人，任何人都没有权利哭她。而我，我现在也感到自己准备好把一切再过一遍。好像刚才这场怒火清除了我心里的痛苦，掏空了我的七情六欲一样，现在我面对着这个充满了星光与默示的夜，第一次向这个冷漠而未余温尽失的世界敞开了我的心扉。我体验到这个世界如此像我，如此友爱融洽，觉得自己过去曾经是幸福的，现在仍然是幸福的。为了善始善终，功德圆满，为了不感到自己属于另类，我期望处决我的那天，有很多人前来看热闹，他们都向我发出仇恨的叫喊声。

（全文完）

导读

《局外人》的社会现实内涵与人性内涵

柳鸣九

在加缪的全部文学创作中，《局外人》从不止一个方面的意义上来说，都可谓是"首屈一指"的作品：

《局外人》酝酿于1938年至1939年，不久之后即开始动笔，完成时间基本上可确定是在1940年5月。这时的加缪刚过二十六岁的生日不久，还不到二十七岁。小说于1942年出版，大获成功。对于一个青年作家来说，这似乎意味着一个创作与功业的黎明。事实上，《局外人》正是加缪文学黎明的第一道灿烂的光辉，在完成它之后，加缪才于1941年完成、1943年出版了他隽永的哲理之作《西西弗神话》，他另一部代表作《鼠疫》的完成与发表则是后来1946年、1947年的事了。因此，从加缪的整个文学创作来说，《局外人》是他一系列传世之作中名副其实的"领头羊"。

当然，应该注意到加缪很早就开始写作，并于1932年发表了他的第一部作品《正面与反面》，实际上已经开始了他文学创作的第一个时期。属于这个时期的其他作品还有剧本《可鄙的年代》《阿斯图里起义》，散文集《婚礼》，以及一些零散的评论、诗歌、散文，如《论音乐》《直觉》《地中海》等等，为数颇不少，其中有若干也被收入了伽里玛经典版的《加缪全集》。虽然文学史上以其早期的作品就达到创作高峰的作家不乏其人，而在加缪的创作历程中，《局外人》之前已有不少作品历历可数，但毋庸置疑地居于优先地位的作品，仍然要算《局外人》，毕竟时序的优势并不保证地位的优势，加缪本人就曾一直把他早期（即使是比较重要的）作品，列为他的史前时期。世界性的经典作家加缪是从《局外人》开始的。

对于一部作品在作家整个创作中价值的凸显与在文学史上地位的奠定能起决定性作用的，还是作品的社会影响、作品所获得的文学声誉以及文化界、思想界对作品符合实际并经得起时间检验的评价。在这些方面，《局外

人》较加缪的其他文学创作（包括他日后的名著与杰作）
都处于绝对的优势。《局外人》于1942年6月15日出版，第
一版四千四百册，为数不少，出版后即在巴黎大获成功，
引起了读书界广泛而热烈的兴趣。这是加缪的作品过去从
未有过的，作者由此声名远扬，从一开始到几年之内，报
界、评论界对它的佳评美赞一直"络绎不绝"。日后将成
为法兰西学士院院士的马塞尔·阿尔朗把它视为"一个真
正作家诞生了"的标志；批评家亨利·海尔称《局外人》
"站立在当代小说的最尖端"；"存在"文学权威萨特的
文章指出，"《局外人》一出版就受到了最热烈的欢迎，
人们反复说，这是几年来最出色的一本书"，并赞扬它
"是一部经典之作，一部理性之作"；现代主义大家娜塔
丽·夏洛特在她的现代主义理论名著中认为《局外人》在
法国当代文学中起了开风气之先的作用，"如像所有货真
价实的作品一样，它出现得很及时，正符合了我们当时
的期望"；一代理论宗师罗兰·巴特也再次肯定"《局
外人》无疑是战后第一部经典小说"，是"出现在历史的

环节上完美而富有意义的作品"，指出"它表明了一种决裂，代表着一种新的情感，没有人对它持反对态度，所有的人都被它征服了，几乎爱恋上了它。《局外人》的出版成了一种社会现象"。[1]

《局外人》的规模甚小，篇幅不大，仅有五六万字，但却成为法国20世纪一部极有分量、举足轻重的文学作品；它的内容比起很多作品来说，既不丰富，也不波澜壮阔，只不过是写一个小职员在平庸的生活中糊里糊涂犯下一条命案，被法庭判处死刑的故事，主干单一，并无繁茂的枝叶，绝非有容乃大，但却成为当代的世界文学中一部意蕴深厚的经典名著；它是以传统的现实主义风格写成，简约精炼，含蓄内敛，但却给现代趣味的文化界与读书界提供了新颖的、敏锐的感受……所有这些几乎都带有某种程度的奇迹性，究竟是什么原因？这很值得人们思考。

一部作品要一开始就在较大的社会范围里与广泛的公众有所沟通、有所感应，获得理解，受到欢迎，并且这种沟通、感应、理解、欢迎持续不衰，甚至与日俱增，那首先就需要有一种近似LIEUX COMMUNS的成分，对它我们不必鄙称为"陈词滥调"或"老生常谈"，宁可视之为"公共场所"，就像娜塔丽·夏洛特所说，是"大家碰头会面的地方"。在《局外人》中，这种LIEUX COMMUNS，可以说就是法律题材、监狱题材，就是对刑事案件与监狱生活的描写。因为，这个方面现实的状态与问题，是广大社会层面上的人们都有所关注、有所认识、有所了解的，不像夏多布里昂的《阿拉贡》中的密西西比河，洛蒂的《洛蒂的婚姻》中的太平洋岛国上的生活，对绝大多数的人来说都是一个陌生的领域。而且，这方面的现实状况与问题，在文学作品中得到反映与描写，也是早已有之，甚至屡见不鲜的。雨果的中篇《死囚末日记》、短篇《克洛德·格》、长篇《悲惨世界》中芳汀与冉·阿让的故事，司汤达《红与黑》第二部的若干章节以及法朗士的中篇《克兰克比尔》，都是有关司法问题的著名小说篇章，足以使读者对这样一个"公共场所"不会有陌生感。

历来的优秀作品在这个"公共场所"中所表现出来的几乎都是批判倾向，这构成了文学中的民主传统与人道主义传统，对于这一个传统，历代的读者都是认同的、赞赏的、敬重的。《局外人》首先把自己定位在这个传统中，并且以其独特的视角与揭示点而有不同凡俗的表现。

《局外人》中，最着力的揭示点之一就是现代司法罗织罪状的邪恶性质。主人公默尔索非常干脆地承认自己犯了杀人的命案，面对着人群社会与司法机制，他真诚地感到了心虚理亏，有时还"自惭形秽"，甚至第一次与预审法官见面、为对方亲切的假象所迷惑而想要去跟他握手时，就因为想到"我是杀过人的罪犯"而退缩了。他的命案是糊里糊涂犯下的，应该可以从轻量刑，对此不论是他本人还是旁观者都是一清二楚的，因此，他一进入司法程序就自认为"我的案子很简单"，甚至天真地对即将运转得愈来愈复杂、愈来愈可怕的司法机关"管得这么细致"而大加称赞，说"真叫人感受到再方便不过"，但法律机

134

器运转的结果却是他被宣布为"预谋杀人"、"丝毫没有一点人性"、"最藐视最基本的社会原则",以致"其空洞的心即将成为毁灭我们社会的深渊"的"罪不可赦"者,最后被判处了死刑,而且其死罪是在"以法兰西人民的名义"这样一个高度上被宣判的。从社会法律的角度来说,《局外人》主人公的冤屈程度,并不像完全无辜而遭诬告判刑的芳汀与克兰克比尔那样大,因而不是严格意义上的冤案。

但是,对默尔索这样一个性格、这样一个精神状态的人物来说,这一判决却是最暴虐不过、最残忍不过的,因为它将一个善良、诚实、无害的人物完全妖魔化了,在精神上、在道德上对他进行了"无限上纲上线"的杀戮,因而是司法领域中一出完完全全的人性冤案。如果说传统文学中芳汀、冉·阿让、克兰克比尔那种无罪而刑、冤屈度骇人听闻的司法惨案放在19世纪法律制度尚不严谨的历史背景下还是真实可信的话,那么这样的故事放在"法律制定得很完善"的20世纪社会的背景下,则不可能满足现代读者对真实性的期待。加缪没有重复对司法冤屈度的追求，而致力于司法对人性残杀度的揭示，这是他的现代性的一个重要表现，也是《局外人》作为一部现代经典名著的社会思想性的一个基石。

就其内容与篇幅而言，《局外人》着力表现的正是法律机器运转中对人性、对精神道德的残杀。每桩司法不公正的案件都各有自己特定的内涵与特点，而《局外人》中的这一桩就是人性与精神上的迫害性，小说最出色处就在于揭示出了这种迫害性的运作。本来要对默尔索这桩过失杀人的命案进行司法调查，其真相与性质都是不难弄得一清二楚的，但正如默尔索亲身所感受到的，调查一开始就不是注意命案本身的事实过程，而是专门针对他本人。这样一个淡然超脱、与世无争、本分守己的小职员平庸普通的生活有什么可调查的呢？于是，他把母亲送进养老院，他为母亲守灵时吸了一支烟，喝过一杯牛奶咖啡，他说不上母亲确切的岁数，以及母亲葬后的第二天他会了女友，看了一场电影等这些个人行为小节，都成为了严厉审查的项目，一个可怕的司法怪圈就此形成了：由于这些生活细节是发生在一个日后犯下命案的人身上，自然就被司法当局大大地加以妖魔化，被妖魔化的个人生活小节又在法律上成为"毫无人性"与"叛离社会"等判语的根据，而这些结论与判语又导致对这个小职员进行了"罪不可恕"的严厉惩罚，不仅是判处他死刑，而且是"以法兰西人民的名义"判处他死刑。这样一个司法逻辑与推理的怪圈就像一大堆软软的绳索把可怜的默尔索捆得无法动弹、听任宰割，成为完善的法律制度与开明的司法程序的祭品。

默尔索何止是无法动弹而已，他也无法申辩。他在法庭上面对着对他的人性、精神、道德的践踏与残害，只能听之任之，因为根据"制定得很好"的法律程序，他一切都得由辩护律师代言，他本人被告诫"最好别说话"，实际上已经丧失了辩护权，而他自己本来是最有资格就他的内心问题、思想精神状态做出说明的。何况，辩护律师只不过是操另一种声调的司法人员而已。默尔索就不止一次深切感受到法庭上，审讯中的庭长、检察长、辩护律师以及采访报道的记者都是一家人，而自己完全被"排除在外"。在审讯过程中，他内心里发出这样的声音："现在到底谁才是被告呢？被告可是至关重要的，我有话要说。"没有申辩的可能，他不止一次发出这样的感慨："我甚至被取代了。"司法当局"将我置于事外，一切进展我都不能过问，他们安排我的命运，却未征求我的意见"。小说中司法程序把被告排斥在局外的这种方式，正是现代法律虚伪性的表现形式，加缪对此着力进行了揭示，使人们有理由说《局外人》这个小说标题的基本原意就在于此。

如果说，从司法程序来看，默尔索是死于他作为当事人却被置于局外的这样一个法律的荒诞，那么，从量刑定罪的法律基本准则来看，他则是死于意识形态、世俗观念的荒诞。默尔索发现，在整个审讯过程中，人们对他所犯命案的事实细节、前因后果、来龙去脉并不感兴趣，也并未做深入的调查与分析，而是对他本人在日常生活中的表现感兴趣。他的命运并不取决于那件命案的客观事实本身，而是取决于人们如何看待他这个人，取决于人们对他那些生活，对他的生活方式，甚至生活趣味的看法，实际上也就是取决于某种观念与意识形态。在这里，可以看见意识形态渗入了法律领域，决定了司法人员的态度与立场，从而控制了法律机器的运作。加缪的这种揭示无疑是深刻有力的，并且至今仍有形而上的普遍的意义。意识观念的因素对法律机制本身内在的侵入、钳制与干扰，何止是在默尔索案件中存在呢？

《局外人》以其独特视角对现代法律荒诞的审视，而在这一块"公共场所"中表坝不凡，即使在这个"公关场所"出现过托尔斯泰《复活》这样的揭露司法黑暗腐败的鸿篇巨制，它也并不显得逊色，它简明突出、遒劲有力的笔触倒特别具有一种震撼力。

对《局外人》这样一部被视为现代文学经典的小说，对加缪这样一位曾被有些人视为"现代派文学大师"的作品，如此进行社会学的分析评论，是否有"落后过时"之嫌？近些年来，由于当代欧美文论大量被引入，各种主义、各种流派的文学评论方法令人趋之若鹜，成为时髦，致使高谈阔论、玄而又玄、新词、新术语满篇皆是，但却不知所云的宏文遍地开花，倒是那种实实在在进行分析的社会学批评方法已大为无地自容了。笔者无意于对各家兵刃做一番"华山论剑"，妄断何种批评方法为优为尊，仅仅想在这里指出，《局外人》的作者加缪是一位十分社会化的作家，甚至他本人就是一位热忱的社会活动家，仅从他写作《局外人》前几年的经历就可以明显看出：

1933年，法西斯势力在德国开始得势，刚进阿尔及尔大学不久的加缪就参加了由两个著名左倾作家亨利·巴比塞与罗曼·罗兰组织的阿姆斯特丹-布莱叶尔反法西斯运动。次年年底，他加入了法国共产党，他分担的任务是在穆斯林之中做宣传工作。虽然他于1935年离党，后来又于1936年创建了左倾的团体"文化之家"与"劳动剧团"，并写作了反暴政的剧本《阿斯图里起义》。1938年，他又创办《海岸》杂志，并担任《阿尔及尔共和报》的记者，其活动遍及文学艺术、社会生活与政治新闻等各领域。不久后，他又转往《共和晚报》任主编，在报社任职期间，他曾经撰写过多篇揭示社会现实、抨击时政与法律不公的文章。

加缪本人这样一份履历表，充分表明了写作《局外人》之前的加缪正处于高度关注社会问题、积极介入现实生活的状态，《局外人》不可能不是这样一种精神状态的产物。事实上，加缪在一封致友人的信里谈到《局外人》时，就曾这样说："我曾经追踪旁听过许多审判，其中有一些在重罪法庭审理的特大案件，这是我非常熟悉，并产生过强烈感受的一段经历，我不可能放弃这个题材而去构思某种我缺乏经验的作品。"[2] 对于这样一部作品，刻意回避其突出的社会现实内容，摒弃社会学的文学批评，而专注于解构主义的评论，岂不反倒是反科学的？

《局外人》之所以以短篇幅而成为大杰作，小规模而具有重分量，不仅因为它独特的切入角度与简洁有力的笔触表现出了十分尖锐的社会现实问题，而且因为其中独特的精神情调、沉郁的感情、深邃的哲理传达出了十分丰富的人性内容，而处于这一切的中心地位的，就是感受者、承受者默尔索这个人物。

毫无疑问，默尔索要算是文学史上一个十分独特，甚至非常新颖的人物。他的独特与新颖，就集中体现在他那种淡然、不在乎的生活态度上。在这一点上，他不同于文学史上几乎所有的"小生"主人公，那些著名的"小生"主人公如果有什么共同点的话，那就是入世、投入与执着，不论是在情场上、名利场上、战场上以及恩怨场上。《哈姆雷特》中的丹麦王子、《红与黑》中的于连、《高老头》中的拉斯蒂涅、《卡尔曼》中的唐·若瑟以及《漂亮朋友》中的杜·阿洛都不同程度、不同形态地具有这样一种共性。他们身上的这种特征从来都被世人认为是正常的、自然的人性，世人所认可、所欣赏的正是他们身上这种特征的存在形态与展现风采。

默尔索不具有这种精神，而且恰巧相反。在事业上，他没有世人通称为"雄心壮志"的那份用心，老板要调他到巴黎去担任一个好的职务，他却漠然对待，表示"去不去都可以"。在人际关系上，他没有世人皆有的那些世故考虑，明知雷蒙声名狼藉、品行可疑，他却很轻易就答应了做对方"朋友"的要求，他把雷蒙那一堆拈酸吃醋、滋事闯祸的破事都看在眼里，却不问为什么就有求必应，进而被对方拖进是非的泥坑。他对所有涉及自己的处境与将来而需要加以斟酌的事务，都采取了超脱淡然、全然无所谓的态度，在面临做出抉择的时候，从来都是讲同一类的门头语："对我都一样"、"我怎么都行"。很叫他喜欢的玛丽建议他俩结婚时，他就是这么不冷不热作答的。即使事关自己的生死问题，他的态度也甚为平淡超然，他最后在法庭上虽然深感自己在精神与人格上蒙冤，并眼见自己被判处了死刑，内心感到委屈，但当庭长问他"是不是有话要说"时，他却是这样反应的："我考虑了一下，说了声'没有'"，就这么让自己的命运悲惨定案。

我们暂时不对默尔索的性格与生活态度做出分析与评论，且把此事留在后文去做，现在先指出加缪把这样一个人物安排在故事的中心会给整个作品带来何种效应。

　　首先，这样一个淡然超脱、温良柔顺、老实本分，对社会、对人群没有任何进攻性、危害性的过失犯者，与司法当局那一大篇夸张渲染、声色俱厉，把此人描写成魔鬼与恶棍的起诉演说相对照；与当局以这种起诉词为基础，把此人当作人类公敌、社会公敌而从严判决相对照，实际上凸显出了以法律公正为外表的一种司法专政，更凸显出了司法当局的精神暴虐。如果这是作品所致力揭示的精神暴虐的"硬件"的话，那么，默尔索这样一个不信上帝的无神论者在临刑前被忏悔神甫纠缠不休，则揭示了精神暴力的"软件"。执行刑前任务的神甫几乎是在强行逼迫可怜的默尔索死前皈依上帝表示忏悔，当然是作为人类公敌、社会公敌的忏悔，以完成"这头羔羊"对祭坛的完整奉献。

　　把默尔索这样一种性格的人物置于作品的中心，让他感受与承受双重的精神暴力，正说明了作者对现代政法机制的"精神暴力"的严重关注。只有20世纪的具有现代意识的作家才会这样做。原因很简单，20世纪的加缪不是生活在饥饿这个社会问题尚未解决的19世纪，他不会像雨果那样在一块面包上写出冉·阿让的十九年劳役，他只可能像温饱问题已经解决的现代社会中的人们一样，把关注的眼光投向超出肉体与生理痛苦之外的精神人格痛苦。他让默尔索这样一个人物成为作品中的感受者与承受者，就足以说明这一点。在这里，有加缪对现代人权的深刻理解，也有加缪对现代人权的深情关怀。

默尔索这样一种性格的人物居于作品的中心作为厄运的承受者，必然会产生另一个重要效应，就是能引起读者深深的人道主义怜悯与同情。如果默尔索是一个感情殇滥、多愁善感的人，他面对厄运的种种感情反而会显得虚夸、张扬、浅显，但默尔索的性格内向、情态平淡，他在厄运之中，在死刑将要来到之时的感受因此就显得更为含蓄深沉，更具有张力。要知道，夸张与过分是喜剧所需要的成分，而蕴藏、敛聚、深刻才是悲剧的风格，默尔索的感情表现状态正是如此。在《局外人》中，作者描写默尔索在法庭上有如五雷轰顶的感受，从法院回监狱的路上彻底告别自由生活的感受，以及在监狱里等待死刑的感受，都表现出了高度的心理真实与自然实在的内心状态。这些描写构成了小说的主要艺术成就，至今已成为20世纪文学中心理描写的经典篇章。

当然，在任何一部作品中，任何居于中心地位的人物都会在作品整体中起这种或那种作用，给作品带来这种或那种效果，剩下来还需要考察的问题是，居于中心地位的人物是属于何种性质、何种类别。我们已经指出，默尔索这个人物与传统文学中的人物颇为不同，似乎属于"另类"，甚至可以说，他身上那种全然不在乎、全然无所谓的生活态度，在充满了各种非常现实的问题与挑战的现代社会中，似乎是不可能有的。于是，对这个人物仔细加以观照时，人们不禁会问：这样一个人物的现实性如何，典型性又如何？

在入世进取心强的人看来，默尔索的性格与生活态度显然是不足取的。说得好一点，是随和温顺、好说话、不计较、安分、实在；说得不好一点，是冷淡、孤僻、不通人情、不懂规矩、作风散漫、放浪形骸，是无主心骨、无志气、无奋斗精神、无激情、无头脑、无出息、温吞吞、肉乎乎、懒洋洋、庸庸碌碌、浑浑噩噩……总而言之是现代社会中没有适应能力与生存能力的人。但实际上，加缪几乎是以肯定的态度来描写这个人物的。塞莱斯特在法庭上作证时把默尔索称为"男子汉"、"不说废话的人"，这个情节就反映出了加缪的态度。后来，加缪又在《局外人》英译本的序言中，对这个人物做出一连串的赞词："他不耍花招，从这个意义上说，他是他所生活的那个社会里的局外人"，"他拒绝说谎……是什么他就说是什么，他拒绝矫饰自己的感情，于是社会就感到受到了威胁"，"他是穷人，是坦诚的人，喜爱光明正大"，"一个无任何英雄行为而自愿为真理而死的人"。加缪对这个人物可谓是爱护备至，他还针对批评家称这个人物为"无动于衷"一事这样说："说他'无动于衷'，这措词不当"，说他"'善良宽和'则更为确切"。[3] 在加缪自己对这个人物做了这些肯定之后，我们再来论证这个人物正面的积极的性质，就纯系多余了。

默尔索这个人物不仅得到加缪的理性肯定，而且对加缪来说在感情上也是亲近亲切的，他是加缪以他身边的不止一个朋友为原型而塑造出来的，其中还融入了他自己在现实生活中的某种感受与体验。根据加缪的好友罗杰·格勒尼埃所写的加缪评传中的记叙，默尔索这个人物身上主要有两个人的影子：一个是巴斯卡尔·比阿，另一个是被他称为皮埃尔的朋友，而两个朋友身上的共同特点都是"绝望"。巴斯卡尔·比阿是来自巴黎的职业记者，当时在阿尔及尔主持《阿尔及尔共和报》，是加缪的领路人与顶头上司，他酷爱文学，富于才情，在诗歌创作上颇有成绩，也从事各种各样的职业，其中包括不那么高尚的职业如出盗版书等；他具有独特的精神与人格，自外于时俗，轻视现实利益与声名功利，只求忠于自己，自得其乐，有那么一点超凡脱俗的味道；他不仅对加缪，而且对法国20世纪的另一个大作家安德烈·马尔罗、荷兰大作家埃迪·杜·贝隆以及其他一些重要作家均有深刻影响。罗杰·格勒尼埃把这个人物称为"极端虚无主义者"、"最安静的绝望者"。关于默尔索的另一个原型皮埃尔，加缪曾经这样说："在他身上，放浪淫逸，其实是绝望的一种形式。"[4] 可见加缪对这两个原型，都有一个共同的着眼点，那便是"虚无"、"绝望"。这一点值得我们在后文中再做一些评析，至于加缪本人融入默尔索身上的自我感情，则是他1940年初到巴黎后的那种"陌生感"、"异己感"，"我不是这里的人，也不是别处的。世界只是一片陌生的景物，我的精神在此无依无靠。一切与己无关"。[5]

从成分结构与定性分析来看，虚无、绝望、陌生感、异己感，所有这些正是20世纪"荒诞"这一个总的哲理体系中的组成部分，从法国20世纪文学的走脉来看，马尔罗、加缪们又都曾受到巴斯卡尔·比阿这样一个作为"极端虚无主义者"、"最安静的绝望者"艺术形象的原型的影响，并且以"荒诞"哲理为经纬形成了一个脉络，在这个脉络、这个族群中，《局外人》显然算是一个亮点，自有其特殊的意义。

应该注意，1940年5月《局外人》一完稿，加缪只隔四个月就开始写他的《西西弗神话》，并且四个月后，也就是于1941年2月即完成了这部名著。这一部著作要算是使加缪之所以成为加缪的最有力的一部杰作，是加缪最重要的代表作，是他全部作品与著作的精神基础、哲理基础。它之所以重要，就在于它从哲理的高度描述、阐明了人最最基本的生存状况，把纷纭复杂、五光十色、气象万千的人的生存状况概括、凝现为西西弗推石上山、永不停歇但却劳而无功的这样一个图景。当然，这里的人是个体的人，而非整体的人类，人的生存，如像推石上山、劳而无功是决定于人的生而必死这种生存荒诞性。人生而必死、劳而无功，这是"上帝已经死了"、宗教已经破灭、人没有彼岸天堂可以期待之后的一种悲观绝望的人生观，在这种人生观的理解范围里，现实世界对人来说只是匆匆而过的异乡。这种人生观无疑带有浓重的悲观主义与虚无主义的色彩，然而，面对着生而必死、劳而无功的生存荒诞，却又推石上山，虽巨石反复坠落山下却仍周而复始。推石上山，永不停歇，这无疑又是一曲壮烈、悲怆的赞歌。一个不到三十岁的青年，有如此大悲大悯的情怀，对人的状况做出了如此深刻隽永的描述，在整个20世纪的精神文化领域，产生了广泛的震撼性的影响，这无疑给他在四十四岁的壮年荣获诺贝尔文学奖奠定了一块巨大的坚固的基石。

《局外人》与《西西弗神话》同属加缪的前期创作，两者的创作仅相隔几个月，一个是形象描绘，一个是哲理概括，两者的血肉联系是不言而喻的。从哲理内涵来说，《局外人》显然是属于《西西弗神话》的范畴，在默尔索这个颇为费解的人物身上，正可以看见《西西弗神话》中的某些思绪。

在这方面，《局外人》最后一章的重要性是毋庸置疑的，它十分精彩地写出了默尔索最后拒绝忏悔、拒绝皈依上帝而与神甫进行的对抗与辩论，在这里，他求生的愿望、刑前的绝望、对司法不公正的愤愤不平、对死亡的达观与无奈、对宗教谎言的轻蔑、对眼前这位神甫的厌烦以及长久监禁生活所郁积起来的焦躁都混合在一起，像火山一样爆发，迸射出像熔岩一样灼热的语言之流，使人得以看到他平时那冷漠的"地壳"下的"地核"状态。

他的"地核"也许有不少成分，但最主要的就是一种看透了一切的彻悟意识。他看透了宗教的虚妄性与神职人员的诱导伎俩，他的思想与其说是认定"上帝已经死亡"，不如说是认定它"纯属虚构"，"世人的痛苦不能寄希望于这个不存在的救世主"。用他的话来说，他很想从监狱的墙壁上看见上帝的面容浮现，但他"没有看见浮现出来什么东西"，因此，他把拒绝承认上帝、拒绝神甫一切的说教当作维护真理之举。他也看透了整个的人生，他认识到"所有的人无一例外都会被判处死刑，幸免不了"；他喊出的这句话几乎跟巴斯喀在《思想集》中、马尔罗在《西方的诱惑》中关于人的生存荒诞性的思想如出一辙；他根据自己的经验与所见所闻，深知"世人活着不胜其烦"，"几千年来活法都是这个样子"，对人类生存状况的尴尬与无奈有清醒的意识；他甚至质问道："他这个也判了死刑的神甫，他懂吗？"有了这样的认知，他自然就剥去了生生死死问题上一切浪漫的、感伤的、悲喜的、夸张的感情饰物，而保持了最冷静不过、看起来是冷漠而无动于衷的情态，但他却"只因在母亲葬礼上没有哭而被判死刑"，于是，默尔索在感受到人的生存荒诞性的同时，又面临着人类世俗与社会意识形态荒诞的致命压力。这是他双重悲剧的要害。

不可否认，默尔索整个的存在状况与全部的意义仅限于感受、认知与彻悟，他毕竟是一个消极的、被动的、无为的形象。他无论从哪个方面来说都从属于《西西弗神话》，《西西弗神话》的性质也仅限于宣示一种彻悟哲理。思想的发展使加缪在五年后（1946年）的长篇小说《鼠疫》里，让一群积极的、行动的、有为的人物成为小说的主人公，写出他们对命运、对荒诞、对恶的抗争。而且加缪又紧接着于1950年完成了他另一部哲理巨著《反抗者》，阐述人对抗荒诞的哲理，探讨在精神上、现实中、社会中进行这种反抗与超越的方式与道路，从而在理论阐述与形象表现两个方面使他"荒诞——反抗"的哲理体系得以完整化、完善化，成为法国20世纪精神领域里与萨特的"存在——自我选择"哲理、马尔罗的"人的状况——超越"哲理交相辉映的三大灵光。

柳鸣九

1　分别见埃尔贝·R.洛特曼：《加缪传》第283－285页与张容：《阿尔贝·加缪》第75－76页。
2　罗杰·格勒尼埃：《阳光与阴影》第100页，伽里玛出版社，1987年。
3　《阳光与阴影》第91－92页，伽里玛出版社。
4　《阳光与阴影》第83页，伽里玛出版社。
5　《阳光与阴影》第84页，伽里玛出版社。

局外人

作者 _ [法]加缪   译者 _ 柳鸣九

编辑 _ 马宁   装帧设计 _ 肖雯   主管 _ 李佳婕

技术编辑 _ 顾逸飞   责任印制 _ 刘世乐   出品人 _ 许文婷

营销团队 _ 王维思

鸣谢（排名不分先后）

董歆昱 吴涛 黄钟

果麦
www.goldmye.com

以 微 小 的 力 量 推 动 文 明

图书在版编目（CIP）数据

局外人 /（法）加缪著；柳鸣九译. -- 天津 : 天
津人民出版社, 2016.7（2025.8重印）
ISBN 978-7-201-10456-0

Ⅰ.①局… Ⅱ.①加… ②柳… Ⅲ.①中篇小说－法
国－现代 Ⅳ.①I565.45

中国版本图书馆CIP数据核字（2016）第110954号

局外人
JUWAIREN

出　　　版　天津人民出版社
出 版 人　刘锦泉
地　　　址　天津市和平区西康路35号康岳大厦
邮政编码　300051
邮购电话　022-23332469
电子信箱　reader@tjrmcbs.com

责任编辑　康嘉瑄
特约编辑　马　宁
封面设计　肖　雯

制版印刷　嘉业印刷（天津）有限公司
经　　　销　新华书店
发　　　行　果麦文化传媒股份有限公司
开　　　本　880毫米×1230毫米　1/32
印　　　张　5
印　　　数　335,001-340,000
插　　　页　4
字　　　数　100千字
版次印次　2016年7月第1版　2025年8月第49次印刷
定　　　价　38.00元